近藤洋太

KONDO YOTA

69《ロッキュウ》

思潮社

69

近藤洋太

思潮社

装幀＝佐々木陽介

69

エリザベス

二〇一五年十二月　望月 燿

ボクはカイ
漢字で櫂って書く
オールのこと
アンデルセンの童話で
雪の女王のお城に閉じ込められる男の子
父母それに二歳歳下の妹の四人家族
家はぶどうや桃を作る農家だったが
それだけではやっていけず
母は介護のパートもやり
農閑期に父は農協の仕事を手伝ってもいた
小さいころは妹と近くの祖父母の家に預けられたが
ボクは手のかからない子供だったようだ
幼稚園に入って
男の子はブルーのスモック　女の子はピンクのスモック
なぜと思ったけれど言ってはいけないこと

多分空気の読める子だったんだろう
小学校に入って成績はいつもクラスで一番だったし
運動会の徒競走でも一番
アヤがいじめられているときも
ショウタが粗相してからかわれていたときも
ボクはかばった
眼の前で足の悪いアスカが上級生に倒されたとき
思わず平手で相手の頰をぶった
先生から叱られて涙が出そうになったがこらえた

小学校四年のとき生理のことは教わっていたが
六年のときのはじめての生理
ボクは女子！　愕然とした
中学校に入るとスカートを履くのか
観念したボクは

短パンを買ってもらってスカートの下に履いた
母はおおらかな人で
カイちゃんなに恥ずかしがってんのと言われた
ボクはだんだん口数の少ない子になっていった
中学では陸上部に入った
懸命になれるものが欲しかった
ボクは自分のことを「ボク」と言うのをやめて
部活の先輩たちが使う「自分」と呼ぶようにした
中学三年の六月
県の陸上競技大会で
百メートル走十二秒八三で二位
つかの間味わった充足感
でも何日もしないうちボクのなかでささやくものがいた
――(それりゃあそうだよ、お前は男子なんだからな。男子ならば、平凡な記録さ)。
ボクは練習に行かなくなった

指導する先生から何度呼び出しを受けても
もう走れませんと繰り返した

高校は県庁所在地のある進学校に入った
帰宅部を通していたがボクの運動能力を見込んでか
柔道を指導する先生に声をかけられた
――女子部員はふたりしかいないから、男子部員との混合練習になるけれどもな。
断られると思ったのか先生はそこだけ声を落として言った
むらむらと闘志がわいてきた
――(ボクは男子なんだからな、男子と互角に闘えるはずだ)。
陸上部に入った動機と同じで
女子を忘れて懸命になれるものが欲しかった
そのころからあんなになついていた妹が
ボクを毛嫌いするようになった
反抗期よねあの子　母は受け流していたが

妹との間に超えられない一線ができた

ボクは十二月から正式に柔道部に入った
けれども陸上とはまったく勝手がちがった
使う筋肉がちがうみたいだ
打ち込み　乱取り　寝技
男子部員はみんな真面目に相手をしてくれた
でもどこか手加減している
二年生四月　関東柔道大会県予選敗退
六月　インターハイ県予選敗退
ボクは柔道に向いた身体を作ろうと思った
朝六時前に起きて自主練習をはじめた
裏山の百段ある階段を駆け足でのぼる練習を三セット
腹筋　背筋　腕立て伏せ　指立て伏せ
バランスボールによる体幹トレーニング

急いでシャワーを浴び朝食をとって
電車にのって八時二十五分の始業時刻に間に合わせる
一瞬たりとも無駄な時間を作りたくなかった
浮落　背負投　体落
浮腰　払腰　釣込腰
送足払　支釣込足　内股
十月　全国高校選手権大会県予選直前
練習中膝を痛めて出場できなくなった
指導の先生は柔道場の隅の鉄棒を指差し
懸垂だけやっていろと言った
それまで懸垂はやっていたけれども
せいぜい二十回か三十回
それが四百回五百回そして七百回
ひと月後に復帰したとき
ボクは強くなっていた

奥襟を摑んで固め技にもちこむやりかたを知った
男子部員は手加減しないようになった
うれしかった
昼休みも懸垂を続けた
三年生四月　関東柔道大会県予選
五十七キロ級に五人がエントリーして総当たり戦
三人には一本で勝った
最後の女子に釣込腰を食らい三十秒で敗退
六月インターハイ県予選
やはり最後に同じ選手に当たった
一分三十秒で豪快な背負投を食らい敗退
ボクは清々しかった
十月　初段の資格をもらった
そこで進学のため柔道部をやめた

エリザベス
そうニックネームをつけられていたことは知っていた
小学校から一緒だったアヤと久しぶりに帰った日
彼女に言われた
——なぜみんな、カイのことをエリザベスって呼ぶか知ってる?
——女王ってこと?
——ロンドンオリンピックのとき、彼女は007のジェームズ・ボンドとヘリコプターからパラシュートで飛んで、開会式に降り立ったでしょう。エリザベス女王って、みんなに囲まれて幸せそうなのに、でも本当はひとりだけでさみしそう。カイって、スラッとして柔道なんてやりそうにみえなかったけど、なぜあんなに熱中したの。遠くからみていて、なんてさみしそうな顔してるんだろうって思ってた。普通だったら、彼氏くらいいるはずだよ。
——柔道が好きだから。
——答えになってない。
アヤはそう言って笑った

彼女はさぐりを入れて言ったのではない
男子から告白されたことは何度かある
でもボクは恋愛感情が湧いてこなかった
本当のことを言えば
夢のなかでボクは男になって女の人を愛していた
顔の分からない女の人を
ネットで調べたらトランスジェンダー男性
忌まわしい言葉に思えた
誰にも言ってはいけないこと
柔道や陸上に熱中することで
忘れようとしたができなかった

ボクは小さいころから妙な夢にうなされることがあった
大勢の学生が激しくののしりあっているところにいた
ヘルメットをかぶって集会のなかにいた

角材をもってデモの隊列のなかにいた
高校にあがったころから少し事情が分かってきた
テレビの特番によるとそれがゼンキョウトウとか
アンポとかと関わっているらしい
それにしてもなぜボクがそんなところにいるのか
なぜそんなおそろしい夢をみるのか

ボクはカイ　十八歳
自分が誰だか分からない不安のなかにいた

泊めてください

二〇一七年五月　三上　夢

――誰か私を泊めてください。お願いします。高三女子。

あたしはシングルマザーの子だった
父は誰だか知らない
母は国家公務員のキャリア組
某官庁の課長を務めている
いつも忙しく働いていて
あたしは母方の祖母に育てられたといっていい
彼女は東北の町で小学校の先生をしていたが
定年退職した年にあたしが生まれた
祖父に先立たれていた彼女は
すぐに事情を察して家をたたんで上京した
さばけた人で故郷の関係を絶ってきたんだそうだ
世間から母を守るために
家事の一切それにあたしの教育も引き受けた

あたしはいわゆる「よい子」で女子の中高一貫校に進学
彼女はあらゆることに知的関心が強く
よくあたしを芝居映画絵の展覧会などに連れ出した
気になる新聞記事は台紙に貼り付けて読んでいる
中学三年のとき
梅棹忠夫の『知的生産の技術』を渡された
――おばあちゃんが頭を整理するときに役に立った本よ。整理の基本は、A4、B6、B8の紙。もう読む必要のなくなったところは、章のはじめに×印をつけておいたから、読んでみれば。
気がつけば祖母の部屋は
新聞記事を入れておくファイリングボックスにせよ
京大カードを入れる箱にせよ
すべてカードシステムで統一されていた
作文を書くとき　名刺よりちょっと横幅の広いB8の紙片
こざねは役に立った

頭のなかにある書きたいもののセンテンスや単語
みんな紙片に書きだしてみる
買ってきたボードに画鋲で貼っていく
紙片を置き換えていくうち文章のつながりが見えてくる
起承転結が見えてくる
欠落していたなにかが見えてくる
――おばあちゃん、すごいねこざね法って。あたし作文が得意になっちゃったみたい。
祖母は満面の笑みを浮かべて喜んでくれた
その祖母が去年の秋　脳梗塞で急逝した

母とあたしの関係がにわかにぎくしゃくしはじめた
思えば祖母は母とあたしの間の緩衝材
彼女が生きていた間　母の干渉を逃れることができた
母にもあたしに対する教育方針があった
男に頼らない生き方をしてほしい

自立して生きていける人間になってほしい
そこまでは分かった
けれどもそのためのよい大学　よい就職
彼女は監視し指図し強制する
あたしは友達づきあいがうまくはなかった
こんなとき相談できる友達がいない
――なによお、今度の成績は。塾を休んではだめ。夜十時半までには帰っていなさい。
――（あなたこそ、その時間に帰って来ることのほうがずっと少なくて、酔っ払っている
くせによく言うよ。夜ひとりで家にいることが、どんなにさびしいことか）。
母があたしのスマホをチェックしている
うすうす気がついていたけれど
LINE、ツイッター、インスタグラム
なぜか裏アカウントまで知られている
母がいきなり干渉する
――昨日カラオケに行ったわよね。誰と行ったの？

――……君ってどんな子。どんな付き合い方しているの。ダメよ、私に隠しごとしちゃ。

――高三女子にプライバシーは当然あるよ。

はじめてあたしは精一杯言い返した

あたしの反撃を予想していなかったのか

ぽかんと口をあけて

言いたいことを忘れたかのように視線をそらした

母はよくスマホでやりとりをしていたが

ときに相手と激しい言い合いになる

その母が信じられないことだが何も言えなくなる

でも何日かするとすっかり忘れてまた干渉する

度重なる母の干渉に耐えられなくなって

現金十万円とデイパックにとりあえず必要なものをつめ

あたしは家を出た

漫画喫茶やネットカフェは

高校生を泊めてくれないということを知らなかった

警察に保護されるなんて絶対にいや
追いつめられて
ツイッターに書きこんだ
泊めてください……

——どこにいるのかな。
——池袋西口。マルイの前。
——今から十五分で行けるよ。どんな格好。
——赤いパーカーにダメージジーンズ。お願いします。
若い男が車から顔を出して声をかけた
車が走り出して男はマサキと名乗った
あたしはユメと言うと
——親が子供に名前をつけるとき、自分たちの夢を託すんだよ。ユメちゃんの名前なんて、
そのまんまだよな。
車を走らせながら

遠くを見るような眼でそう言った彼は音楽をかけた
――今の君の気持にはそぐわないだろうけど、これはデキシーランド・ジャズの「世界は日の出を待っている」。昔から元気をだすためによく聞いたよ。
あたしは処女じゃない
泊めてもらってなにも起こらないなんてことはない
このひとはあたしの身体が欲しかったんじゃないか
――僕は母親と同居している。話がややこしくなるから、大学の法律サークルのずっと後輩だってことにしておいてくれないかな。
――はい。でもあたし大学生にみえるかな。
そんなことを話しているうち彼のマンションに着いた
――あはは、この子終電に乗り遅れてさ、ネットカフェに泊まるのいやだから、先輩の家に泊めてくださいだって。今度だけだぞってことにして泊めることにした。朝はこの子と一緒に家を出る。母さん、先に寝てください。
――夜遅くすみません。お世話になります。

あたしは深々と頭を下げた
すらりとした六十過ぎくらいの素敵なお母さんだった
――可愛いお嬢さんね。でも家には連絡したの。
――この子、地方出身者だよ。
――疲れているでしょう。お風呂に入ってきたら。わたしのパジャマでよければ出しておくから。
あたしは疲れ果てていた
家を出て渋谷の町を歩き
新宿を歩き池袋にたどりついた
あたしはあたしが誰なのか
分からなくなっていた
あたしなんかいなくなったって誰も困りはしない
でもこれからどうやって生きていくのか
お風呂からあがると
マサキさんがココアを作ってくれていた

――どうしてあたしの書きこみを見つけたの。

――ネットに「泊めてください」って書きこみをする女の子たちがいる。彼女たちを保護する活動をしているNPOのひとから話を聞いたばかりだったんだ。検索してみたら、たまたまユメちゃんの書きこみをみた。なんだか切迫しているみたいで、ついDMしたら近くだったんだ。

あたしは祖母が亡くなって

母との関係がぎくしゃくしはじめた話をした

聞いてほしかった

――あたしを泊めてくれる友達なんかいない。

そこまで言って涙が止まらなくなった

マサキさんは自分のことを話しはじめた

――母親はね、銀座のオーナーママを引退したところ。父親は、福岡の実業家。正妻の間に男女ふたりの子供がいた。僕より二十歳近く上だよ。仕事でよく上京していて、バーの雇われママをしていた母親との間にできちゃった。でも僕を認知した。いつも「俺が残してやれるのは学問だけだからな」と言っていた。彼は高校中退。僕は今なりたての弁護士。

父親は二年前に死んだ。僕が司法試験に受かった時、末期がんでホスピスに入っていた。合格したことを知らせに行くと、涙を流しながら喜んでくれた。「ヒロ……ツーセ、ツーセ」と言った。僕は「（弁護士として）人に尽くせ」と言う遺言だと思った。子は親を選べないと言うけれど、子供のことを思わない親もまたいないよ……。さあもう遅いから寝よう。明日は、八時半に家を出る。君の部屋はそこ。布団が敷いてある。部屋は内側から鍵がかかるようになっている。心配しないでゆっくりおやすみ。

部屋の鍵はその気になれば開けることができるだろうが

心配しないことにしてすぐに深い眠りに落ちていった

翌朝　遠くで流れている

「世界は日の出を待っている」で目が覚めた

——おはよう。ぐっすり眠れたかい。

マサキさんから声をかけられこっくりした

お母さんがコーヒーを淹れながら聞いた

——ご出身はどちら。

——青森です。

すかさずあたしは答えた
でも話しているうち
――今のひとは訛りがないのねえ。
そう言われて嘘が分かってしまったかなと思った
駅に向かう途中
――昨日僕が君を泊めたのは、母親と同居していても立派な未成年者誘拐罪にあたる。逃げようとは思わないけど、できれば言ったりしないでほしい。厄介なことになる。法律を知っているくせに、法律を破りたくなる。変な弁護士だろう、自分でもよく分からない。
そう言ってマサキさんは笑った

あれから一カ月が経った
家出はたった一日で終わった
母からは何度も電話やLINEがあったが無視した
その日母はおろおろとあたしを出迎えた
息がつまるほど抱きしめられた

納得できずあたしは棒立ちになったまま受けとめた
急に母が年老いたようにみえた
母は勤めを休み自分の知る限りの
小学校以来のあたしの友達に連絡し
警察に捜索願を出そうとしていたところだった
あたしはマサキさんのことを言わなかった
母は遠慮がちにものを言うようになった
それでも忘れて干渉するとき
あたしがにらみつけると母は黙った
そんなことで立場が逆転するなんてとてもいや
あたしはただわがままな娘なんだろうか
マサキさんの言う「子供のことを思わない親はいない」
その言葉を信じようと思ってやっぱり信じられなかった
マサキさんと出会えたことは幸運だった
そうでなければあたしは出口のない

泥沼の生活のなかに入っていたのかも知れない
あたしは受験勉強に本腰を入れはじめた
自分を見つけるために大学に行こう
とりあえずそう思うことにしている

特急みずほ

一九六九年五月　空閑恭介

一九六九年
僕は東京の私立大学に入学した
四月二十六日十七時十分発
寝台列車特急「みずほ」号で上京
幼稚園教諭をしていた姉だけが
早退して見送りに来てくれた
前の晩も母と喧嘩した
東京に行ったらもう帰ってこないという僕と
それなら仕送りしないという母
うっとうしかった　母も故郷も
僕は地元の私大にも受かっていたから
叔父や叔母たちもこぞって東京に行くことに反対した
――なんで金のかかる東京に行かないかんとね。九州でも勉強はできろうもん。お父さんが死になさって、お母さんな心細かとよ。そばにおってやらんと。恭介さんは空閑家の跡継ぎ息子ぞ。聞き分けんなかねえ。

姉だけがかばってくれた
――そんなこと言ったって、九州だけが日本じゃないよ。恭介が九州に帰ってくるとしても、一度は東京を経験してくるのもいいと思うよ。お母さんももう少し広か心ばもたんと。
姉は白い封筒を差し出し
――これ、大事に使ってね。お母さんには、手紙書かんといかんよ。
列車が発車して封筒の中身をみた
二万円入っていた
彼女の月給のかなりな部分を占めるだろう
その夜寝台車のベッドのなかで僕はなかなか寝つけなかった

翌二十七日十時四十分東京着
高校の先輩が卒業するのと入れ替わりに
彼の大学の民間寮に入った
オオカミハウス
三畳の板の間に蚕棚式のベッドが一畳（下は物入れ）

それに半畳の押入れがついた部屋
風呂はなし　共同の洗面所とトイレ
家賃三千円
オオカミハウスにはその大学の学生だけでなく
僕のような他大学の学生も
電電公社の女性も
漫画家の卵も住んでいた
なぜ入学式の四日前に上京したかといえば
テレビで見入っていた安田講堂の攻防戦
全共闘をこの目で確かめたかったからだ

受験する僕の大学の下見に行った二月
坂下の大学の門のところに機動隊員が居並んで警備していた
学生たちは二十メートルほど離れて対峙していた
すたすたと機動隊に近づいて行く学生

なにやら機動隊員と話していたが
――（自分の大学に入れないのは）おかしいじゃないか！
かん高い声が届いた
背後から帰れ！　帰れ！　という声が起こった
ふとふりむくと
えっ！　と思うほど学生の数が増えている
うようようようよ集まっているのだ
僕も思わず声をあげた
帰れ！　帰れ！
学生たちがスクラムを組みデモをはじめた
入試粉砕！　闘争勝利
入試粉砕！　闘争勝利
いつの間にか僕も隊列に加わっていた
自分が受験する大学の入試粉砕闘争に関わっている
そんな馬鹿なことがあったのだ

二十八日沖縄デー
午後御茶ノ水駅で降りて
駿河台下に歩いて行った
――善良な市民の皆さんは立ち止まらずに歩いてください。
機動隊のマイクが絶えず同じことを繰り返している
明治大学正門の向かいにある主婦の友社ビル前
僕はそこで成り行きを見守っていた
バラバラっと赤や黒ヘルメットをかぶり
タオルで覆面をした学生たちが
校門から飛び出してきて機動隊に投石をはじめた
駅側にいた機動隊員が退いた
機動隊から催涙弾の攻撃がはじまると
学生たちはいっさんに校門のなかに逃げ込んだ
催涙弾を投げ返すようなことはしなかった

煙にむせながらなにかが違う
二月のときとはなにかが違うぞと思った
後で知ったことだが僕が上京したとき
全共闘運動はもう後退戦に入っていたのだ

五月一日に延期されていた入学式は
十八日に再延期された
僕は詩のサークル「Le《ル》 Blanc《ブラン》」に所属した

69

一九六九年十一月　空閑恭介

六月
僕はいっぱしの活動家になっていた
文化連盟のリーダー的存在であった新明浩平《あらあけ》と親しくなった
彼は高校のころからの活動家で僕より二歳上の四年生
彼の父親は築地の魚の仲卸業の社長と聞いた
美貌の魅力あるアジテーターだった

——……十・八羽田闘争以降のわれわれの闘いは、安田講堂攻防戦、連動して闘われた神田解放区闘争を頂点として明らかに下降線をたどりつつある。けれども、なおわれわれの闘いは、安田講堂の屋上に浴びせられた放水、催涙弾に開かれたピンクのパラソルのなかに象徴的に生きている。(拍手) 先日、立命館大学の全共闘諸君が学内の「わだつみ像」を粉砕した。『きけ　わだつみのこえ』は、戦争で死んだ学生の本当の肉声ではない。彼らの声を改竄した手記だった。あんなに反戦的・厭戦的な心情の学生が多ければ、戦争なんて阻止できたはずだ。戦争の性格の良し悪しにかかわらず、彼らは肉親や恋人を守るために戦地に赴いた。彼らの犠牲を、生き残ったものたちは犬死だったとも言った。われわれの戦後とは、こうした欺瞞のうえに成り立っている。断固としてこの欺瞞に否《ノン》を突きつけようではないか。(拍手、異議なしの声)今、われわれは学生の闘いを闘っているのだ。われわれは我慢しながら闘っているのではない。若き労働者と連帯して闘うという地平に、われわれはいまだ立っていないことを確認しよう。いつの日かわれわれは……われわれをノンセクト・ラディカルなどと規定して安堵しているブルジョア・マスコミなどには決して分かりはしないだろうが、われわれは、党派を根底的に止揚する党派である……。

新明のアジテーションは途中からしばしば脱線した

ある日の学内でのアジ演説

——……もう集会の終わりに「インターナショナル」や「ワルシャワ労働歌」を唄うのはやめにしよう。ナショナリズムよりもインターナショナリズムが優れているなどという愚にもつかないデマを信じるのはやめにしよう。世界を語る前に、われわれは深く日本を語ろう。日本を体現するのは、東京ではなく「畿内」なのだ。畿内の情緒がわれわれの革命を規定しているのだ。三島由紀夫は金閣寺の美に嫉妬する青年を描いた。けれども保田與重郎は、「金閣寺などは田舎から来る観光客向けではあるけれども」と言って、銀閣寺のほうが、美においても思想においてもはるかに深く優れていると言った。われわれの革命を真に鼓舞するのは、保田の後輩で同じく大阪高校、東大美学科出身の石濱恒夫である。

彼が作詞し、フランク永井の唄った「こいさんのラブ・コール」であり、「大阪ぐらし」であり「大阪ろまん」なのだ。「ワルシャワ労働歌」を唄うならロック調で歌え。「君が代」を唄うならアメリカ国歌「星条旗よ永遠なれ」の節で唄え。それでは最後に「君が代」を唄って小生の挨拶とします。
本当に「星条旗よ永遠なれ」の節で「君が代」を唄った
そこにいた一同はぽかんとして
パラパラと拍手が起こった
彼は自分のイロニーが通じなくても平気だった

新明は都内に実家があるのに
なぜかひとりでアパートに住んでいた
僕は彼の部屋に何度か泊まった
大学での攻撃的なべらんめえ口調とは違った
もうひとりの彼がそこに居た
部屋はいつもきちんと片付けられていた

片方の壁は全部本棚になっていて
天井まで本が整然とつまっていた
マルクス文献だけでなく経済学、哲学の本も
文学の本も多く混じっていて
「現代詩文庫」が最新刊まで二十数冊番号順に並んでいた
ある日訪ねていくと財布を調べ
「足りねえかな」とつぶやいて
本棚から出たばかりのヘーゲル全集を一冊
スッと抜き出しアパートを出て行った
しばらくしてジョニーウォーカーの赤を買って帰ってきた
――この先の古本屋は、岩波の本だったら定価の五割で引き取ってくれる。さあ恭介、飲もう。この酒はヘーゲルの味がするぜ。
ヒヒヒと新明は引き笑いをした

大講堂での大衆団交

一階も二階も立錐の余地なく
学生であふれていた
壇上では大学側と学生の間で
激しいやり取りが交わされていた
疲れ果てていた学長は失言した
――君たちは……、大学解体を言うならば……、大学なんかやめて運動に専念すればいいじゃないですか。
すかさず学生が反撃した
――僕らは、東大の学生たちとは違うんですよ。大学解体なんてことは一度も言ったことがない。大学はつぶれちゃ困る。いいですか。僕らは中級労働力商品として、いやでも社会に押し出されていくんです。親から金を出してもらって、奨学金をもらって、アルバイトをして、なんで大学をやめなければならないんだ。僕らは断固として卒業証書をもらうんだ。どこがいけないんですか。
学生たちからヤジと怒号とさらに大きな拍手が起こった
そんなな団交のなかで

二階から紙飛行機が飛ばされた
それは学生たちの頭上をふわりふわりと飛んでいった
長い長い滞空時間
壇上の論争をよそに学生たちはドッとわいた

その日僕らは新宿のはずれのノアノアで飲んでいた
ふだんから新明はもてたが
その日途中から合流した女性はちょっと事情がちがった
僕より十歳は年上と思われる女性で
銀座の画廊の雇われオーナーだと言って名刺をくれた
もの静かでおっとりとした女性だった
店の真ん中にグランドピアノが置いてあったが
したたかに酔った新明はふらふらと近づいて行って
ピアノをいじっていたが
いきなり「イン・ザ・ムード」を弾きはじめた

彼がピアノを弾けるなんてはじめて知った
そして唄いはじめた

〽革命だけが　俺の生きがい
いい夢みようぜ
米帝のコカ・コーラ
アメ公のハンバーガー

一緒に彼女を送ってゆき
帰りのタクシーのなかでぽつりと言った
——腹違いの姉だよ。俺は親父と新橋の芸者との間に生まれた子供……。

十月二十一日
国際反戦デー
状況をみて群衆にまぎれヒットアンドアウェイ作戦

新宿に移動するつもりだったが電車がストップ
飯田橋で下車
べ平連と合流し
僕たちは機動隊にはるかに届かない投石をし
機動隊から追われ
逃げて気がつけば地下鉄後楽園駅
深夜喫茶で夜を明かした
十一月十六―十七日
佐藤訪米阻止闘争
僕たちは蒲田駅で落ち合うつもりが
デモ隊が蒲田駅に乱入して京浜東北線ストップ
僕は手前の大森駅で降り池上通りを蒲田方面に歩いた
装甲車がずらりと並んでいる
機動隊員からの職務質問
レインコートのなかの軍手を見とがめられる

大森駅にもどり駅の反対の通りを蒲田へ向かったが
今度は自警団と出くわし行手を阻まれた
結局誰とも会えず
大森駅で動き出した電車に乗った
学生が叫んでいた
――われわれは今日の屈辱を忘れてはならない。もう一度、隊列を組み直して官憲にぶつかっていこうではないか。
僕は心のなかで叫んだ
――(黙りやがれ！　もう一度は永遠に来ない)。
帰りの駅に着いたのは午前一時近かった
外は小雨が降りだしていた
傘を持たず強くなる雨のなかを
四十分ほど歩いてオオカミハウスへたどり着いた
敗北というのはこういうことを言うんだ
雨には名前があって山茶花梅雨《さざんかづゆ》

翌日の新聞で知った

十一月の終わり
暖かい日の午後
僕は大学正門横のベンチで新明と話していた
――新明さん、倫理・社会の授業で、教師が戦争責任のことに触れて天皇のことを「天ちゃん」って言ったことがあったんだ。「天ちゃん」が天皇を指すってことは知っていたよ。でも授業中に「天ちゃん」と言われて、なぜだかものすごく腹が立った。あとでその教師が共産党員だってことを聞かされて、合点がいった。それ以来、僕は反日共。
――絵に描いたような反面教師だな。
――大学に入って読書会でいくつかマルクス文献を読んだけれど、マルクスの「フォイエルバッハに関するテーゼ」の最後の「哲学者たちは世界をさまざまに解釈したにすぎない。大切なことはしかしそれを変えることである」の一節だけだったなあ、ピンときたのは。僕には、ドストエフスキーの『罪と罰』とか『カラマーゾフの兄弟』、カフカの『城』のほうがずっと面白い。それから吉田満の『戦艦大和ノ最期』。高校の先輩が置いていった古い本だったけれども、必敗覚悟で出撃する大和の艦内の死生談義のなかで、将校が「進歩ノナイ者ハ決シテ勝タナイ。負ケテ目ザメルコトガ最上ノ道ダ」と言った。五感に響く文章だったな。旧字旧カナ、それにカタカナ混じりの文体で、読みづらいかなと思ったら、これがすらすら読めたんだ。

——俺も読んだよ。それを言ったのは臼淵大尉だったな。

——新明さん、僕らはこのまま負け続けるのかなあ。

——恭介、なんだかお前、イエスの弟子のペテロ、巌のシモンみたいだなあ。生真面目すぎるのも問題だぞ。武器の進化論ってあるだろう。ゲバ棒、投石、鉄パイプ、五寸釘を打ち抜いた角材、そして火炎瓶。今度は爆弾か。最後に欲しいのは原爆だろうな。東海村に行ってプルトニウムをパクって来るか。

そう言って新明はヒヒヒと例の引き笑いをした

僕は二十歳だった

何も持っていなくて　何も捨てるもののない

「愛のモトマチ」

一九六九年十二月　佐伯容子

大学はロックアウトが続いていたが
卒業進級のタイムリミットという理由で
八月十一日授業再開
混乱が続いたけれど十五日大学側が機動隊導入
大学は徐々に正常化していった
十月八日
ドイツ語の時間をつぶして
クラスミーティングが行われた
民主青年同盟の人が発言した
——学内の改革は必要だと思う。だけど全共闘の諸君のように暴力的に解決しようとすることには反対だ。日本は民主国家なんだから、民主的な解決の方法があるはずだ。
わたしの隣の席にいた空閑君が発言した
——授業がはじまって以来、大学当局は機動隊の力を借りて大学を正常化しようとしたじゃないか。大学の自治を守るべき者たちが、機動隊と結託したこと自体が犯罪的なんだ。
僕は一概に暴力を否定しない。だけど僕らの暴力なんて、彼らに比べたらはるかに弱くて防衛的なもんだよ。僕らは、日本がソ連や中共みたいなスターリニズム国家になればよいとは考えていない……。
のっそりとひとりの学生が立ち上がった
――要するに全共闘がやっていることはさ、授業なんかどうでもいい。騒ぎたいだけじゃないか。
討論が終わって空閑君に話しかけた
――どういうことなの。議論がさっぱり分からない。
――これから山崎博昭虐殺二周年の集会が、日比谷公園の野外音楽堂である。行ってみない。
空閑君はわたしの眼を見ないで言った
わたしはついていった
外は雨
野外音楽堂には赤や青や白や黒のヘルメットをかぶった学生たちが
雨に打たれながらもシュプレヒコールをあげていた
――山崎君の死を政治利用しているだけの集会、しょぼい集会。

空閑君は私が差しかける傘を避けるようにしてつぶやいた
わたしたちは銀座の三笠会館でカレーライスを食べた
いつしか彼とステディな関係になった

空閑君は全共闘のことではなく
自分のことをよく話すようになった
お父さんが高校三年生のとき亡くなったこと
彼は東京の私大に行きたかったが
お母さんが自宅から通える国立大学に行くことを希望したこと
一浪した秋からはお母さんの希望を無視して
私大志望に切り替えたこと
ただし志望は文学部から経済学部に変えた
東京に行きたかったのは全共闘運動に参加したかったから
お父さんの会社から奨学金をもらっているので
決してパクられないこと

大学は四年で卒業すること
それを自分のうちに決めていると言った
――最初から私立志望にしとけば、一浪なんかせずに全共闘運動の最初から関われたのに。
あるとき空閑君はつぶやいた
――じゃあ、わたしたち出会えなかったね。
彼は驚いたように顔をあげた
――闘争をやるには金がかかる。ヘルメット、角材をもって移動するときのタクシー代なんかの交通費。頻繁に会合があって喫茶店のはしごは当たり前。本は必要ならば、高い本でも古本屋で無理して買うんだ。
――わたしの叔父さんの会社のアルバイトをやってみない。横浜のデパートの市場調査よ。
わたしもやろうと思う。
彼は二つ返事で引き受け
三日後の正午に石川町の駅で落ち合い
午後五時に同じ駅でまた会う約束をした
空閑君にとって、戸別訪問はやさしいものではなかったらしい

――まず玄関口で断られた。訪問する家ごとに断られた。ある家に入って行くと広い土間があって、おばあさんが出てきた。耳が遠いようで近寄って用件を話そうとしたとき、息子と思しき人が出てきて彼女をかばうようにして、「誰だ！　お前は」。僕の格好があやしかったからかな。

その日アンケートがとれたのはわたしが十五軒、空閑君は五軒

小さな声で僕は営業やセールスに向いてないという彼に

やりかた次第よとなぐさめたんだけれど

空閑君に誘われて飲み屋さんによく行った

中学生のころから父の晩酌の相手をしていたので

お酒は空閑君よりわたしのほうが強かった

彼を介抱したこともある

有線放送から流れる「愛のモトマチ」をいつしか覚えた

〽モトマチ　モトマチ　あなたに逢うの

素敵な恋も夢もある　港モトマチ

ベイ・ビーツというグループの「愛のモトマチ」
ヴォーカルは小鹿さおり
ビートが効いた曲
でも唄は歌謡曲っぽく声が切なかった
〽モトマチ　モトマチ　明日も逢おうよ
　マリンタワーが呼ぶような　港の灯りよ
わたしは彼のオオカミハウスの部屋に時々泊まるようになった
十二月の初めの朝早く空閑君は
畑を隔ててあった天文台にわたしをさそった
破れた鉄条網をくぐって入った並木道は
今　紅や黄の落葉が散っていて
また風に吹かれて落葉がいっぱい舞ってくる
――まあ、きれい。
わたしたちはうっとりとその道を歩いていった

三島の首

一九七〇年十一月　空閑恭介

三月　新明はきっちりと卒業した
彼はシベリア鉄道経由で伝手のあるフランスへ行くといった
横浜港大桟橋まで見送りに行った僕に
——俺のなかの革命の季節は終わった。帰ってきたらオヤジの跡を継ぐ。商人《あきんど》になる。そのために違う世界を見て来ようと思う。もう本を読まない生活をするつもりだ。
そう言い残し
新明は後も見ずにタラップを駆け上がって行った
翌朝　母からオオカミハウスに電話があった
何事かと思って電話に出ると
——恭介、おったとね、よかったたあ！
感極まった声で母がそう言った
赤軍派が日航機よど号をハイジャックし
北朝鮮へ行くよう要求した日だった
新明が去ってから僕のなかの支柱が一本とれた気がした

それでも僕らはシコシコと学内闘争に明け暮れていた
十月からは民青と学園祭をめぐって対立
実態は僕らに学園祭を仕切る力量がなく
民青主導の学園祭をやらせたくないだけの闘争
ただの消耗戦
文連学術連その他を含めて僕らの動員数は五十
四万人のマンモス大学でたったの五十人
入試の下見に来たときのうようよ湧いてきた学生たちは
二年足らずの間にどこへ去って行ったのか

十一月二十五日
学園祭粉砕闘争は最終局面を迎えていた
前夜僕らは大学の寮に泊まったが
夜具がなく新聞紙にくるまっても寒くて眠れなかった
泊まった部屋の壁に落書きされた谷川雁の詩の一行

「おれは世界の何に似ればよいのか」
僕は民青の急襲に備えて北門を守っていた
午後ひとりの学生が通りすがりに言った
――三島由紀夫が自衛隊に乱入したぞ。
しばらくするともうひとり　早版の夕刊フジを僕に見せ
――三島が割腹自殺した。
紙面には自衛隊市ヶ谷駐屯地で演説する三島の写真
普段は無関心に通り過ぎてゆく彼らが
その日に限ってうきうきとした顔で話しかけてきた
三島が自決？　なぜ
その日僕らは夜まで大学を占拠した
夜間部自治会は民青が握っていたし
地区の民青を動員するという話もあった
いつ彼らに急襲されるか常に緊張していた
先日も仲間の二人が民青にやられたばかりだった

ふたりは集合場所を大学正門だと間違え
ヘルメットをもっていたことが見つかり
四号館地下食堂脇の小部屋に連れ込まれリンチを受けた
彼らは外見はどこも怪我を負ってはいなかった
ただ足を蹴られ　唾を吐きかけられ
長時間にわたって言葉の暴力を受けた
すっかり消耗して大学に出てこなくなった
僕らは最大動員をかけて二百人に満たなかった
にもかかわらず集会の合間に
その日の三島自決を報じた新聞各紙を回し読みした
朝日新聞夕刊の一面の左下に三島と森田必勝の首
三島自決の衝撃を受けながら
みんなへらへら笑っていた
ただへらへらと笑っていた
僕にアジ演説の順番が回ってきた

——三島が割腹自殺した。われわれの闘いとは、どんな接点もなかった。けれどもしかし、三島が生首を差し出した事実を、その事実を受けとめる。三島の本気さを、われわれは受けとめる。われわれの闘いは、決して死ぬことではない。生きて、生き抜いて、闘い抜くことだ……。

自分でも何を言っているのか分からなかった
ただへらへら笑いをする自分を止めたかった
こんなとき新明だったらどうするだろう
どんなアジ演説をするだろう
結局夜自民青も地区民も現れなかった
僕らは夜の大学の占拠を貫徹した
学園祭は中止になった
翌朝の新聞に僕らの大学を取材した記事が載っていた
——学生たちはジンセイフンサイ、トウソウショーリと叫んで気勢を上げていた。
民青を人生と聞きまちがえたのか
聞きまちがえたふりをしたのか

僕らは学園祭粉砕闘争に勝利した
空しく勝利した
僕はこの日を最後に学内闘争から離脱した

WII

（一九七二年十二月　空閑恭介）

一九七一年四月
サークル「Le Blanc」は解散宣言を出した
大学からサークル費は凍結されていたが
僕らは最後の「Le Blanc」を発行した
僕は「もがく鳥」という詩を発表した

水のない湖でもがいている鳥をみても決して騙されるな
街がもう胸もとまで浸されているというのに
ぼくの胸のあたりにまでおし寄せる波が確かに聴こえるのに
どうしてもぼくは触ることができない

ぼくには視える
少しずつけれども正確に狂いはじめる朝が
やってくるんだきっと
街の扉という扉を蹴破って一斉に水がなだれこんでくる夜が

ぼくはいつから吃る癖がついてしまった
きみとの対話がこんなにまだるっこくなったのはいつから
ぼくらもうどのくらい抱きあっていない

ばさりばさりと不吉な翼をひろげて降りてくる
やつらくらしの内部へむかってぎっしりと逆さにならぶ
やつらみつめれば不意に視野を遮ってはばたいてゆく

六月十七日
沖縄返還協定調印阻止闘争
明治公園の西側を走るオリンピック道路の
仙寿院交差点と観音橋交差点の間のバリケードを隔てて
観音橋側に機動隊
仙寿院側にデモ隊が対峙していた

どのくらい時間が経っていたのか
明治公園の植え込みから
機動隊に向かって手製爆弾が投げ込まれた
ドンという腹に響く音とともに
バリケードの向こうの観音橋方面が真っ赤に染まった
あたりがシーンとなった
わずかな時間だったはずだが
長い長い時間に感じられた
ふとわれに返り　これはだめだと思っているうち
僕はまわりの学生たちと逃げ出していた

どのくらいの時間が経ったのだろうか
気がつくと
僕は地下鉄外苑前のガードレールにもたれていた
信号を渡ろうとしたとき足を踏み外し

転びそうになって手をつこうとして
そのまま深あーいところに落ちていったような
そんな記憶がかすかにある
腕時計をみた
もう終電間近い時刻だった
僕は地下鉄の階段を降りていった

あの日から世の中はすっかり変わったような気がする
新左翼諸党派
中核　革マル　青解
ブント戦旗派　叛旗派　赤軍派　ＭＬ派
四トロ　フロント　共学同　プロ学同など
半年ほどの徹底したアパートローラー作戦で
すべての党派は壊滅していた
ポツダム自治会の止揚が言われたとき

大学の自治こそ大事と言ったのは民青だけではなかった
「ＷＩＩ」（＝ウィー　われわれはいたるところにいる）
ＷＩＩは各大学自治会に急速に勢力を伸ばしていた
彼らがどんな主張をしているのか
僕には関心がなかった
表向きには合法的な集団だったが
ＷＩＩには別働隊がいるという噂だった

一昨年の学園祭粉砕闘争のとき
遭遇したのが彼らだったか
僕らは中庭の真ん中で集会をやっていた
その中庭の隅で学生二十人ほどが集会をやっていた
見たことのない学外の連中
たまたま僕がアジ演説をやっていたとき
彼らは駆け足で僕らのところへやって来て

僕らの周りをぐるりと取り囲み
角材の先でコンコンと地面をたたき
集会の妨害をはじめた
演説を続けていると
彼らは僕らの周りをゆっくりと歩きはじめ
立ち止まり一層速く強く地面をたたき続けた
いやおうなく僕は演説を中止させられた
彼らは終始無言だった

噂では別働隊が逮捕を免れた党派幹部
ノンセクトの活動家も襲っている
その数　数百ともいわれた失踪者
彼らは「駆除」と称して
党派幹部や活動家を生き埋めにしているというのだ
そのうち僕らの知っている誰それが失踪した

そんな話が伝わってきた
僕ら末端の活動家だったものも危険だ
なぜ公安はＷＩＩを摘発しないのか
なぜマスメディアは沈黙しているのか
僕はできる限り外出を控えるようにした
けれども就職活動をしないわけにはいかなかった
クラスのみんなはおおむね決まっているのに
僕はまだだった
その日僕は油断していた
会社の面接の帰り大学に寄り
卒論だけ残し文学部の授業を聴講していた容子と会った
——大丈夫よ。今年は求人が多いっていうし……。
会えば少しは気が楽になった
授業は聞かずに容子と別れ　南門を抜けようとしたとき
数人の男に囲まれた

WIIの別働隊だと直覚した
小柄でノーネクタイの背広姿の男が声をかけた
——空閑君、だったよね。ちょっと話したいことがあるんだ。来てくれないかな。
有無を言わせない物言いだった
僕は小型バスに乗せられた

連れて行かれたのは町中の古い教会だった
小聖堂で査問をしたのは
ノーネクタイの男ではなかった
きちんとスーツを着てネクタイを締めた
首に十字架をかけた若い牧師だった
——あなたはいま、マルクスよりもイエス・キリストのほうが、人間の偉大な教師だと思っているそうですね。私もそう思っています。マルクスは宗教を阿片だと言いましたが、マルクス主義こそ思想の阿片です。
——……(どうして闘争から離れた僕が、イエスに関心をもっていることを知ったんだろう。聖書を読むのは好きだった。たまたま、古本屋でルナンの『イエス伝』を見つけた。イエスが古代パレスチナに生き、祭司を批判し、律法を撤廃し、ユダヤ教を破壊しようとしたという理由で殺されたことを知った。けれども、福音書は初期キリスト教会が、自分たちの都合のいいように事実を改竄した書物だ。いま、聖書のなかからイエスの本当に語った言葉を探す研究が進んでいるらしい)。

——空閑君。「善きサマリア人のたとえ」とはどんな話でしたか。

——……(これは査問なのか？　この牧師は僕からなにを引き出したいのか)。律法学者はイエスにさまざまに議論をしかけてきた。最後に「私の隣人とは誰か」と問うた。イエスは言った。ある人がエリコに下っていく途中に、強盗に襲われ、半殺しのめにあった。祭司もレビ人も見て見ぬふりをした。サマリア人だけは、彼を見て傷の手当をして、介抱した。三人のうち、だれがあなたの隣人か。サマリア人だと律法学者は答える。イエスは言った。「あなたも同じようにすればよい」。つまり、ユダヤ教の教条にどっぷりはまった律法学者に対するイロニーになっていると思います。

——そうです。イエス・キリストは、ユダヤ教の教条に縛られていることに気づかない律法学者やパリサイ派を、常に正しい道に導こうとしているのですね。

これは査問なのか？

同じ疑問がまた起こった

――あなたはマグダラのマリアについて、どう思っていますか。

――……マグダラのマリアは、七つの悪霊に憑かれていた、つまり何か神経の病に罹っていたと思われます。それをイエスが鎮めた。『ルカによる福音書』には「罪深い女」と書かれていてマリアが娼婦だったという話が出来上がってしまった。でも僕は娼婦だったとは思いません。（イエスとは男と女の関係になっていたかもしれない、とはさすがに牧師の前では言えなかった）。

――そうです、そうです。私もマリアが娼婦だったとは信じられません。あれは後世の作り話です。

牧師はまたこんな質問もした

――あなたが聖書のなかで一番好きな章句はどこですか。

――……『ヨハネによる福音書』第八章。イエスがオリブ山で皆に教えていた時、律法学者やパリサイ派が姦淫しているときに捕まった女を連れてやってきた。彼らはあなたならどうするかと問うた。けれどもイエスは身をかがめて、地面に何かを書いていた。なおも彼らが問い続けるので、イエスは身を起こして言った。「あなたがたの中で罪のない者が、まずこの女に石を投げつけるがよい」。これを聞くと、年寄からはじめて、ひとりまたひとり出てゆき、イエスと女だけが残った。「女よ。あなたを罰する者はなかったのか」。「主よ。誰も」。イエスは言った。「わたしもあなたを罰しない。お帰りなさい。今後はもう罪を犯さないように」。もっとも、これがイエスの言葉だったか、確認はされていないようですが。

牧師は目を伏せてちょっと悲しげな顔をした

——空閑君。福音書のなかの言葉はすべて真実なのです。

その日はそれで終わった

なぜ僕は生き埋めにされないのか

僕が聖書に関心をもっていることに関係がある?

ふと新明が言ったことを思い出した

——日本人はクリスチャンって聞けば、なぜかそれだけでその人を「善き人」だって思ってしまう悪い癖があるな。明治開国から百年以上経って、日本でなぜキリスト教が思ったほど普及しないのか、考えたことがあるか。日本じゃあ、お寺の檀家、神社の氏子だけを足しても人口をはるかに超える数になる。八百万《やおよろず》の神の国、多神教の国さ。「自分は無神論者です」なんて平気で言う馬鹿がいるけれども、われわれはゆるやかに宗教に守られているんだ。キリスト教は、これまで一番血を流した宗教だよ。それは認めるけれども、やっぱり一神教なんだよ。いまでも進化論を否定し、天動説を信じている連中がいるんだ。そのごく一部だろうけど、教義を硬直的に解釈している排他的集団がいるんだ。まあキリスト教とも言えないキリスト教のなかの過激派とでもいうか、邪悪な連中さ。日本にもいるんだ。

あのときなにが邪悪なのかもっと聞いておくべきだった

彼らは僕を仲間に引き入れようとしている？

僕は彼らの仲間に入らない

邪悪な集団には入らない

翌朝　最初に宣言した

——僕は信仰ということが、分からないのですよ。いきなり「時は満ち、神の国は近づいた。悔い改めて福音を信じなさい」と言われても何を悔い改めればよいか、分からない。

牧師はにこやかに微笑んで言った

――空閑君、クリスチャンの家にでも生まれない限り、福音は信じられません。信仰はそのうちおのずと身についてくるものです。

僕は徹底抗戦した

――イエスは人々の病を癒した。それはありうるだろう。今よりもずっと抑圧の強い世界だっただろうから、癒したい人間と治りたい人間がいれば病が癒えることはある。そうした奇跡と、水の上を歩く奇跡とはわけが違う。……イエスは処女懐胎で生まれた？　そんな馬鹿な話があるものか。大工だった父ヨセフとマリアの間に生まれた人の子イエスだ。……イエスがベツレヘムの馬小屋で生まれたなんて、とんだ作り話だ。北辺の地、ガリラヤの出身では、誕生に聖性がない。だから無理やりエルサレムに近いベツレヘムで生まれたことにして聖性をもたせた。実際にはナザレに生まれ育った人の子イエス。ましてやイエスの復活なんかありえませんよ。死ねば死にきりです。ユダヤ教や律法学者、パリサイ派を批判しているうち、いつの間にか民衆の熱狂の中心にいた。ナザレ人イエス、人の子イエス……。

人の子イエスというたびに

牧師は青ざめて小さい声で神の子イエスと言い直した
この男　ＷＩＩに属していることを自覚しているのか
別働隊の一員であることを
――空閑君、残念です。あなたはイエス・キリストが卓越した方であることを認めているので、いっしょに行動できると思ったのですが……今後のあなたを祈ります。アーメン。
入れ替わりに昨日僕を拉致した連中が入ってきた
ノーネクタイの背広姿の男が言った
――残念だな、空閑君。いっしょにやれると思って牧師さんに頼んだんだけれどな。やっぱり君も社会の害虫だったんだね。俺たちは大学の自治会を掌握することだけを考えているんじゃない。ＷＩＩは全世界を獲得するために行動しているんだ。そのためには、小さな害虫でも駆除するしかないんだ。
近寄ってきた彼は間をおかず
みぞおちに一発を食らわせた
小柄なこの男にどうしてこんな強烈なパンチがあるのか
さらに何人もの男たちから何度も殴打された

薄れてゆく意識のなかで思った
この連中はクリスチャンなんかじゃない
もっと邪悪な……

手も足も目も口も粘着テープで縛られ
昨日寝た古ぼけた寝袋に詰められた
小型バスは途中から上り勾配の道を進んだようだ
どこかの山の中　あらかじめ穴は掘ってあったらしい
何人かの手で土砂がかけられてゆく
僕は母のことを想った
卒業できずこんなことになってごめん
姉のことを想った
せっかく東京に送り出してくれたのにごめん
そして僕は容子のことを想った

〽出ん出らるんなら　出て来るばってん
出ん出られんけん　来ーられんけん
来ん来られんけん　来られられんけん
　来ーん来ん

この童歌は母のふるさとの唄だ
姉たちとやった手遊び唄だ
九州では「行く」ということを「来る」という
――君のアパートへ来てもいい？
容子は変だと言って笑った
なぜ死の間際にこんなことを思い出すのか
間が抜けている　大笑いだ
畜生！　なんで死はこんなに軽いんだ
なんてちっぽけなんだ　人の死なんて
死にたくない！　僕はまだ二十三歳なんだ

サッフォー

二〇一八年八月　望月　權

二〇一六年
ボクは東京の私立大学に進学した
大学は郊外の広い敷地のなかにあった
ワンキャンパス　学生数三千人弱
正門からチャペルまで続く長い桜の並木道
受験に来たとき　あれと思った
ボクはこの道を知っている
既視感《デジャヴ》？　でもなぜ

妹も高校二年だし
うちの家はそれほど豊かではなかったから
学費の減免制度を利用し
また無利子の学内奨学金ももらった
女子寮はあったが
大学近くのワンルームのアパートを借りた

授業は面白かったが
ことに英語力強化のための授業はきつかった
半端な気持ではついていけそうになかった
五月　なにかアルバイトをさがそうとしていた矢先
学資はなんとかなると送り出してくれた父が
心筋梗塞であっけなく亡くなった
葬儀で実家に帰ったとき母は気丈に言った
——大丈夫だよ。お父さんの生命保険があるし、いざとなったら果樹園だって売ればいいんだから。
妹は冷淡だった
——カイちゃんは東京の裕福な私大に行けたけれど、うちには借金があるんだよ。お父さんの生命保険がどれだけ残るか。畑だって買ってくれる人がいるのかな。あたしは看護師になる。県内の公立大学か専門学校に行くんだ。家から通ったって学費はかかる。だからあんまり家からお金をもち出さないで。将来、お母さんはあたしが面倒をみることになるだろうな。カイちゃん、もう帰ってこなくていいよ。

高校二年なのにもうそんなことを考えていたのか
ボクは打ちのめされて東京に帰った

母の言った生命保険　果樹園の売却
妹の言った借金　母の面倒
ボクは家の内情を聞くこともできなかった
ボクが出した結論
母からの援助は受けない
だけど奨学金があるとはいえ
学業を続けていくことが厳しいことはよく分かった
そんな折ネットを検索していて
風俗というアルバイトがあることを知った
女性が男性に性的サービスをする　それが風俗
けれども女性が女性に性的サービスをする
レズビアン風俗があることを知った

ふと興味をもった
男性にサービスをするのは無理だが
女性に対してだったらできるかもしれない
いやできるはずだ
ボクにはあとがない
応募すると喫茶店で女性の店長が面接した
――あなたはタチ（攻め）だと思うけど、リバ（リバティ　タチ、ネコ（受け）両方可能）のほうが、お客さんが入りやすいかもしれない。お化粧してもっとフェミニンな格好をしてもらえばいいね。あなただったら土日祝祭日八時間出勤で一月三十万円は保証する。
三十万！
大学をやめるより風俗の仕事をやって卒業する
ボクは未知のおぞましい世界に入っていくと覚悟した
レズビアン風俗店　サッフォー
ボクは土日祝祭日の午後二時から十時まで

この店に勤めはじめた
通勤は往復二時間弱
フェミニンな格好？
普段ジーンズしかはかなかったが
そうだ　ボクは「女装」すればいいんだ
ボクは仕事で「タチ」でも「ネコ」でもやると決めた
報酬はとっぱらいでもらった
早速ファストファッションの店にゆき
店員さんに勧められてはじめてワンピースを買った
なんだか下のほうがスースーする
デパートにゆきメイクの仕方も教えてもらった
なんか他人の顔だな
店のウェブサイトに載ったキャスト紹介
店長からの一言
――すらりとした美少女が入店しました。知的で透明感のある現役女子大生。帰り道を忘れてしまった天使といったところでしょうか。どこかさびしげな面立ちがあなたを惹きつけること間違いなしです。
プロフィール
――名前　ツバサ　T:166 B84 W:60 H:86　18歳　可能コース　ビアン、デート　タイプ　リバ　得意プレイ　まだ分かりません　性格　几帳面
お客さんはOL風俗嬢主婦学生といろんなひとがいたが
本当のビアンのひとは意外に少なかった
デートのときは食事へ行くかカラオケをやるか
それだけのときもあったが
それからラブホに入ることもあった
時々やわらかい身体が欲しくなるというひと
男とうまくいかないことを打ち明けるひと
セラピストにでもなったみたいに話の聞き役に回った
怖いひとはいなかった
おぞましい世界でもなんでもなかった

ボクはだんだん仕事に馴染んでいった
首を絞めてというひともいた
ボクは柔道で絞め技を知っていたから
瞬間的に落とすことができた
ボクにもちゃんと性欲があることが分かってきた
あるときお客さんと抱き合っているうち
——あっ！　クリトリスが勃ってきた。……剝けてる。かわいい！　おちんちんみたい。
彼女からやさしく指で愛撫されているうち
ボクは身体がガクガクふるえてしまった

ノゾミさんとはじめて会ったのは大学二年の夏
三十歳をひとつかふたつか過ぎた女性
外資系の会社に勤めていると言った
目力の強い魅力的なひとだった
ボクは夏休みだったので週六日働いていた

何度か指名された
軽くキスしたり抱き合ったりしたが
彼女はビアンではないと分かった
あるときノゾミさんはこんな話をした
——両親は私の小さいときに訣れたの。母が再婚したとき、最初は新しいお父さんができて嬉しかった。でも中学生のとき、ふざけているうち彼の股間の硬いものがあたることに気づいた。あるとき、義父のパソコンを触っていたら、私の後ろ姿のスカートからパンツの見えている写真、ソファに寝そべっているしどけない格好の写真なんか何枚も見つけてしまった。義父に性的対象として見られていたんだ。高校のころは口もきかなくなった。大学生になってさっさと家を出たよ。悲しむから、母には決して話さない。大学に入って、ナボコフの『ロリータ』を読んでみたら、なんだか私とそっくりだと思ってぞっとした。だからってわけにしたくないけど、男の人を恋するっていう感情がどうしても湧いてこない。男友達なら普通にいるよ。何人かとセックスもしたけど、うまくいかなかった。性欲はあるから自分で処理するし、人肌は恋しいけど男はやっぱり苦手だから、これまでもビアンの店にときどき出かけた。そういう意味で言えば、ビアンになりきれない女なのかな。

悲しい女でしょう。
颯爽としたキャリアウーマンというイメージからは
かけはなれた現実
その日ノゾミさんが同じ大学の出身と知った
大学でもお店でも
ボクは「自分」といういいかたもやめて
「わたし」と名乗っていたが
ノゾミさんの前では「ボク」と言った
自然に「ボク」と言えた
ツバサという源氏名から本名のカイと名乗った
一月に一回くらいノゾミさんから指名が入っていたが
それから次の指名される大体の日にちを確認するようになった
――ボクねえ、小学校の四年生の時、男子と一緒に生理の授業を受けた。でも生理がはじまるまで、自分が本当の女子だという自覚がなかった。おちんちんはいつか生えてくるものだと思おうとしていた。胸が大きくなっていくのがいやでしょうがなかった。今、ボクは女装しているだけなんだと。
ノゾミさんは笑ってこんな話をした
――前世ってものがあるかどうか分からないけど、興味はある。以前、アメリカの精神科医の本を読んだ。自由連想法をほどこすうち、患者は前世の自分を思い出す。病気の原因が前世にあったというの。その記憶を語るうち、病状は快癒する。魂のグループというものがあって、そのグループは何回もくりかえし同じ時代、同じ場所に転生するんだって。今、親子だったり、恋人同士だったりするけど、前世では兄弟姉妹だったり、親友だったり。私、カイちゃんと偶然に出会ったようだけれど、実は前世、姉と弟だったりして。
そう言ってノゾミさんはクスッと笑った
ボクはひどく動揺した
なぜ動揺したのか
ボクに姉はいない
前世姉弟だったかもしれない
その一言はボクを強くとらえた

ノゾミさんからの予約
予定の日にちを過ぎても指名が入らなくなった
店ではお客さんとの電話連絡、メール、LINEの類の交換を禁じていた
ジカビキ　お客さんと直接交渉されると困るからだ
焦った　でもなぜ焦るのか
前世ボクらは姉弟だった
ボクらには恋愛よりも性愛よりも強い紐帯がある
ねえ　ねえさん
ボクは置いてけぼりにされた弟
永遠に迷子になった弟

半年ぶりにノゾミさんから指名が入った
彼女と再会したとき
ボクの目から涙が溢れた
身体中の水分がなくなってしまうんじゃないかと思うほど

大粒の涙がとめどなく溢れた

——ごめんごめん。私が前世は姉弟だったかもしれないなんて、変なまじないをかけたのがいけなかったんだ。同僚がメンタルでおかしくなって、急遽私が代役でアメリカに長期出張にいかなくちゃならなくなったの。連絡のしようがないから、ニューヨークからずっとお店のウェブサイトをのぞいていた。心配してたんだ、カイちゃんがやめるんじゃないかって。

ボクは三年生の八月の終わりに店をやめた

二年三カ月勤めて

奨学金を今かえすことができるほど

お金が充分にたまったからだ

ボクのなかの黒歴史

でもボクは恥じない

風俗に勤めたのもボクの宿命

店をやめる日

店長が送別会をやってくれた

――ツバサのプロフィール、「性格　几帳面」ってところはさ、わたし結局変えられなかったよ。風俗じゃちょっと使わない言葉だと思うけれどね。生理の日以外は、無遅刻無欠勤。お客さんの苦情はゼロ。几帳面を絵に描いたような性格だよね。

ボクはカイ　二十一歳
前世というものがあるとしたら
前世ボクが男だったとしたら……
ボクのなかの何かが目覚めようとしていた

前世の記憶

二〇一八年九月　望月　櫂

店をやめた日の翌日から三日間
ボクは高熱を発してベッドに伏した
風俗をやっていたことの精神的肉体的な疲れが
どっと押し寄せてきたんだろうか
眠りのなかでしきりにささやくものがいた
——キミノ前世ハ　クガ・キョウスケ
夢というよりも
ボクはキョウスケの記憶を追体験していた
繰り返し追体験していた

アパートの玄関に横書きの WOLF HOUSE の文字
オオカミハウス
廊下　両側にいくつかの部屋
奥に炊事場　トイレ
二階にソーシャルルームがあって

みんなとお酒を飲んでいるキョウスケ

〇〇大学全共闘などの旗がみえる
デモの隊列
前方を機動隊によって規制されている
左へ曲がる
みんなが笑っている
ヘルメットをかぶった作業員が
ペコリと頭を下げている工事中の表示板
「ご迷惑をかけてまことに申し訳ありません」
そこに「杵ド隊　バカ」と落書きされている
みんなが笑っている
笑って通り過ぎていく

オオカミハウスの近くの定食屋

キョウスケがなにげなく手にとった週刊の漫画本
読みすすめるうち衝撃を受けたようだ
つげ義春の「ねじ式」

ヨウコという恋人がいる
バスに乗っている
老人がヨウコの短いスカートを咎めるようなことを言った
――失礼じゃないか！　そんな言い方は失礼だ。
キョウスケがどなった
言いよどむ老人

天文台に続く畑のなかの道
鉄条網が破れていて自由に出入りできるようだ
早朝　ヨウコとふたり天文台に入っていく
並木道　枯葉が舞っている

ヨウコが手に受けるようにして見上げている

大学の中庭らしい
ヘルメット姿の学生たちが
別の丸腰の学生たちを追っていく
どん突きの教室
角材で机をたたく音
学生たち逃げ出してくる
粗相している女子学生も

大学の北門のところ
サークルの解散宣言を渡しているキョウスケたち
ひとりの学生がビラをみて立ち止まる
なにか言いたそうにしてしかし立ち去る

映画館のなか
汽車の車窓に揺れる一面のひまわり畑
ヨウコは涙ぐんでいる
疲れていたキョウスケは居眠りしている

アドバルーンのバイト
風のない富士山の見えない日が適している
五階のビルの屋上からあげる
ヘリウムガスを使ったほうが安全だが
水素ガスのほうがずっと安い
——バルーンがパンパンになったら合図してくれ。
監視員が下におりてガスを注入する
キョウスケはどこまで膨らませばよいか分からず
適当に合図する
——全然膨らんでないじゃないか！

頭をこづかれるキョウスケ
でも風さえ吹かなければ楽なバイトらしい

黒い旗にＷＩＩと白く染めぬかれている
ワレワレハイタルトコロニイル
何百何千という人間が行進してくる
黒のジーンズ黒の長袖シャツ黒のキャップ
整列して行進してくる
息苦しい　ものすごい威圧感
彼らはそれでもクリスチャンということになっている

どこか町中の古い教会
若い牧師とイエスについての問答
決裂する　リンチを受けぐったりしている
古ぼけた寝袋に詰められる

どこかの山中に埋められた
納得できないキョウスケが懸命にあらがっている
こうして殺された多くの学生がいるのだ

びっしょり汗をかいてボクは目が覚めた
下着を替え
冷蔵庫から麦茶を出して飲んだ
熱は引いたようだ
お腹が空いた
まる三日なにも食べていない
なにか作ろうと思ってボクは台所にたった

ボクの前世はクガ・キョウスケ
小さいときから何度もうなされてきた夢の正体
全共闘運動！　前世のボクはそのことと関わっていた

ボクがこの大学を受験したとき
大学のなかの道筋に見覚えがあると思った
その理由も分かってきた
彼は他の大学の学生だが
うちの大学生の多いオオカミハウスに住んでいた
大学にも学食なんかで来ただろう
天文台も近くにあったはずだ
彼は全共闘の活動家だったが
ＷＩＩというクリスチャンを名乗るカルトな団体に殺された
けれどもネットでＷＩＩを検索しても
任天堂のゲーム機しかヒットしない
ノゾミさんに話を聞いてもらった
——あの時代に詳しいわけじゃないけど、全共闘運動が衰退したあと、過激化して連合赤軍事件や中核・革マル戦争、連続企業爆破事件なんかが起こった時期があったんだ。でもウィーなんてカルトな団体は聞いたことがない。思いつくのはフレドリック・ブラウンの

『発狂した宇宙』。キョウスケは、どこかの時点でパラレルワールドに迷い込んだってことかなあ。

パラレルワールド?
なるほど　そう考えれば話のつじつまはあう
キョウスケは気の毒な人
けれども現世を生きているボクには関わりのない話
忘れよう　忘れたい
でもキョウスケが叫んでいる
チガウ　チガウ　チガウ
僕ガ生キタ事実ヲ知ッテクレ
殺された学生たちが叫んでいる
チガウゾ　チガウゾ　チガウゾ
俺タチガ作レナカッタ社会ヲ知ッテクレ
彼らがあらがったものが何なのか分からない

ただどうしても熱量だけは伝わってくるのだ

後日ボクは天文台に行った
天文台は大学の南　三十分ほどのところにある
展示室資料館　見学コースを外れて並木道に出た
ここだ！　ヨウコと早朝の散歩をした一本道

強い既視感
けれども畑から破れた鉄条網をくぐり
天文台に入れるような道はなかった
そのかわり天文台の裏の通りを歩いて行くと
既視感のある場所に出た
多分オオカミハウスは取り壊されたんだ
何軒かの新しい家が立っていた

顔のない絵

二〇一八年十一月　望月　櫂

大学は三年になって専門を選ぶ
ボクは社会学を専攻した
ウィークデイは真面目に授業に出たし
ゼミの飲み会にも出席した
友達もできたが卒業すれば
連絡もとらず忘れてしまいそうなひとたちばかりだった
ボクはキャンパスライフを楽しむことができないたちの
つまらない人間
十一月　大学の学園祭に初めて出かけた
チアリーディング　和太鼓　お笑いライブ
みんな楽しんでいるのに一人だけ楽しめない人間
でもそれがボクの宿命
美術展と書いてある教室をのぞいた
ガランとしていてだれもいない
机と椅子を一方に寄せ

三十枚ほどの絵が無造作に立てかけられていた
そのうちの何枚かの水彩画にふと引きこまれた
親子三人　娘が椅子に座って
両側に父母が立って記念撮影みたいに描かれた絵
淡く彩色されているが顔は輪郭だけ描かれていて
忘れたかのように塗りのこされている
自画像と思われる絵
正面向き　横向き　うつむいた表情
それらの絵には口鼻は描かれているが
目が描かれないで
うすい茶色で塗りつぶされている
さあどうぞ精神分析してみてください
そう言いたげな絵
ボクには鴨居玲に影響を受けた絵だと分かった
高校のころ　美術の授業で晩年の自画像を見た

「1982年　私」

画家がアトリエでいろんなひとに取り囲まれている
キャンバスには何も描かれていない
画家はうつろな顔でこちらを向いている

「肖像」

横向きに腹を突き出し顔はのっぺらぼう
左手にはいま引き剝がされたばかりの
自分の顔
鴨居玲の絵は印象に残っていたのだ

ガラッと教室の扉が開き女子学生があわてて入ってきた
――ごめんなさい、だれもいなくて。先輩たちは劇の公演に出ていて、あたしもお汁粉屋さんの手伝いをしてて……。
弁解する女子学生を制して
顔のない絵は彼女の絵であることを確かめた

――わたし、鴨居玲を想像した。

すると彼女の顔が途端に輝いて

――わっ、ひとから言われたのは初めてです。あたし小学生のころ、おばあちゃんに連れられて横浜のそごう美術館の鴨居玲の展覧会に行ったんです。そのときはさほど思わなかったんだけれど、高校のときおばあちゃんが死んじゃって、部屋から展覧会の図録が出てきた。それを見ているうち、ものすごく絵を描きたくなっちゃった。大学に入って、何度も描き直してできたのがこんな絵だったんです。へんてこな絵でしょう。でもこの間、授業でフロイトのカタルシス療法っていうのがあるのを知った。ヒステリー患者は、その原因となったことを話しているうちに症状が治ったんだって。あたしも、あたし自身にカタルシス療法してきたんじゃないかって思って少し安心したんです。あのあたし、一年生で三上夢っていいます。よろしく。

彼女はまくしたてるように早口で話した

ボクは思わず噴き出した

ボクたちはその日から親しい友達になった

ほどなくボクからお互いもうタメ口で話そうと提案した

――チュトワイエするんだよね。
彼女はうれしそうに言った
ユメちゃんは聡明で凛とした少女
ボクにないものをもっていた

晩秋の遅い午後
ボクはユメちゃんを天文台に誘った
受付で「VISITOR」というワッペンをつけて
見学コースを外れて天文台のはずれにある並木の一本道に来た
紅や黄の落葉が道いっぱいに散っていた
ユメちゃんは　?という顔をしてボクについてきたが
――なんかいいねえ、この道。
ユメちゃんはボクを見上げて言った
いつのまにか彼女の腕がからまっていた
前から　いや出逢ったときから

ボクとユメちゃんは前世恋人だったのではないか
そう感じていた
大学に入って本当の友達ができなかったボクが
三年になってなぜこんなに親近感がもてる友達ができたか

その晩　大学の女子寮に住んでいたユメちゃんは
ボクのアパートに泊まった
――あたしは非嫡出子、私生児なんだ。だからといって、父親がだれだか知りたいってわけじゃない。知らなくたってかまわない。でもときどき不安になる。あたしはだれなのか、どうしてここにいるのか、なんで生きているのか。あたしには、どこか欠けているものがあるんじゃないか。情愛とかそういった感情。男友達と寝てもそれだけ。あたし本当に恋愛できるかどうか分からない。それが怖い。あの人（ユメちゃんはお母さんのことを「あの人」と呼んだ）とうまくいかないのは上から目線でものをいうからだけじゃない。どこの親だって、子供に対しては程度の差こそあれ、上から目線だよ。おばあちゃんが死んじゃってから気がついたんだけど、あの人、娘の反抗を予想していない。あんなに頭のいい人が、自分の娘に対してはなんにも学習しないんだよね。ある人から「子供のことを思わない親はいない」って言われて、そう思おうとしたけれど、やっぱりうまくいかない。あたし、今度コンビニでアルバイトをはじめた。あの人はバイトなんかしないで学業に専念しなさいって言うけど、あたしは少しでもあの人から自立したい。

ボクはユメちゃんから拒絶される

絶交されることを覚悟して話した

——ボクねえ（ユメちゃんの前で初めて「ボク」と言った）、小学校のときまで自分が男子だと思っていた。自分が女子だと知って、女子を忘れるために陸上に柔道に熱中した。でも心に鬱屈が残った。大学に入った途端、父が急死した。うちの家は、学資を出すのがやっとの家だったから、大学をやめるか悩んだ。でも大学は続けたいから、風俗の仕事をした。レズビアンの風俗をした。自分がトランスジェンダーであることは分かったし、性欲があることも分かった。でもまだ恋愛ってよく分からない。

——カイちゃんは偉いよ。あたしなんて親から自立するといったって、客観的には何ほどの自立もしていないんだから。

——お金は充分たまったから、この夏にやめた。風俗の仕事で、恋愛とは違う好意を持つ人ができた。その人から聞いたことだけどね。まだボクたちの存在って科学的に解明できていないことっていっぱいある。アメリカの精神科医の書いた本で『前世療法』って本がある。その本では、患者に自由連想法をほどこす。ここまでは、ユメちゃんが講義で聞いたフロイトのカタルシス療法と同じこと。ところが患者は、幼少のことを語るうち、前世の記憶まで思い出す。記憶を語るうち完治する。ボクたちには魂のグループというものがあって、同じ時代、同じ場所に何度もくりかえし転生する。だから今は夫婦であっても、前世は親子だったり、兄弟姉妹だったり、親友だったり、恋人だったりする。前世は男でも、現世では女だったり……。

——じゃああたしとあの人は、前世うまくいなかった夫婦だったんだ。納得したよ。それにカイちゃんとあたしは前世、恋人だったりして。

ユメちゃんは屈託なく笑った

ボクはドキリとした

その表情をみてとったのか

——カイちゃん……、あのね、……魂のグループ、前世が恋人でも、現世では親友だってことはあるよね。

ボクはホッとして笑顔でうなずいた
ユメちゃんの言葉で肩の力が抜けた
大切な友達を失わないですんだ
ボクはもう一個　缶酎ハイのプルタブを空けた

ツイテユケ

二〇一九年七月　望月　櫂

四年生になった
ボクは三年までフル単で通していたから
この一年は卒業論文と就職活動に時間を充てることができる
就職は某官庁の外郭団体にきまった
週三日インターンとして働くことになった
卒論は全共闘運動がどうしても気になった
運動としては霧散してしまったが
なにかにあらがっていたキョウスケたち
その熱量がどこからくるのか知りたかった
今のボクたちとどう関わっているのか
いないのか

ボクは卒論指導のアドバイザーとして
温厚で柔和そうな定年間近の教授を選んだ
授業で聞いたマスメディアへの辛辣な批判が面白かった

ところが卒論のテーマについて話しはじめると
先生の顔がだんだん険悪になってくるのが分かった
なぜ全共闘運動に関心があるのか聞かれた
まさか前世の自分を知りたいからとはいえない
ボクが言葉に詰まると
――いいですか。全共闘というのはね、本来の左翼思想とは縁遠い連中のことですよ。彼らの行きつく果ては連合赤軍です。連赤は毛沢東にイカれて、山岳・農村から都市を包囲しようという戦略をたてた。だけどそれは途上国の革命戦略です。途上国の革命理論が、先進国の革命の手本になるようなことはあり得ません。あげくのはての同志殺しだ。連赤のようなうんこを研究してみようとしたところで、うんこはうんこです。うんこ以外の何ものでもありはしない……。
教授は顔を真赤にしてまくしたてた
彼は全共闘世代の最後に属していたが
全共闘には批判的な人であったらしい

そんな小事件があってボクは卒論アドバイザーを変えた

全共闘とは無縁と思われた准教授になりたての先生にした

頭を短く刈りあげた篤実そうな感じのする先生は言った

――僕も生まれる前の話なんだけどね、一九六〇年代末期は、日本に限らず「スチューデントパワー」の時代と言われました。学生が既成勢力に反抗した時期です。これと前後した時期、経済成長を遂げた先進国の秩序がギシギシと軋みはじめた時代でもありました。僕の専門ではないいんだけれど、リオタールという人がこの変質を「大きな物語の失墜」と呼んだのです。でも「全共闘」自体が「大きな物語」で「連合赤軍事件」によって「失墜」させられた物語だったのかもしれません。今「小さな物語」にこそ、もっと切実な問題が込められている時代じゃないかな。ヘイトスピーチにさらされた「在日」の人たちの問題。子供を産まない、生産性がないと言われた「LGBT」の人たちの問題。いやもっと僕らのひとりひとりに降りていけば、微細な問題だけど、それぞれの問題で悩んでいる人、苦しんでいる人たちが無数にいるのではないかな。たとえば僕の家は生活保護世帯でした。

ボクはハッとして目をあげた

――離婚した僕の父親は、養育費を払えませんでした。母は勤めていて、僕とふたつ違いの妹を育てていたんですが、僕が中学二年の時、血液のがんにかかりました。非正規社員だったんで、あっさり解雇されました。入退院を繰り返しましたが、五年後に寛解と言われました。三年近く生活保護を受けました。母は毅然としていました。生活保護は「もらう」ものじゃない。「受け取る」ものだと。でも今、日本では生活保護を受け取ることのできる世帯のうち、八割の世帯が受けていないんです。僕の付き合ってきた学生たちに限ってみても、学生の数ほどに直面している悩みや苦しみがあるのです。僕らの世界は、もっと多様で複雑で困難な「微細な物語」に満ちているんではないかな。もちろん今でも、人類が最終兵器である核兵器を持ったことによって、第三次世界大戦の瀬戸際で生きているという「大きな物語」はあります。でもとりあえず、学生が共通の問題意識で行動できた「大きな物語」、全共闘の時代から、僕たちが生きている今日の「微細な物語」の時代まで、個人の問題としてでなく社会システムの変容の問題として、この機会に考えてみてはどうでしょうね。

そうなんだ

昔の学生たちが全共闘という「大きな物語」に惹かれたように

ボクは自分自身の問題

幼稚園のときにスモックの色で異和感をもったボク
小学校六年のときのはじめての生理に衝撃を受けたボク
中学校に入るとスカートの下に短パンを履いたボク
夢のなかで男になって女の人を愛していたボク
ボクにとっての切実な問題を
社会システムの変容のなかで捉え直してみる
ボクはこの准教授に卒論を指導してもらおうと決めた

そのドキュメンタリー映画が上映されるのはネットで知った
全共闘運動を体験した作家が
当時　すでにイデオローグだった人たちとの対話を通して
今も左翼である自分を確認しようとするドキュメントといったらよいか
正直言って映画の中身についてはむずかしすぎて分からない
映画が終わって作家を加えたパネルディスカッションになった
残った聴衆は三十人ほど

若い人（といってもほとんどボクより年長だが）が多いのにびっくりした
この話もボクにはむずかしかった
パネラーの議論が一段落したところで
どこかボサッとした感じの年配の人が立ちあがった
――……さんは、……という本のなかで連合赤軍の問題は、とりあえず不問に付すといったようなことを書いていませんでしたか。でも僕には、連赤の問題は本質的な左翼の弱点をさらした問題だと映った。だから僕は左翼をやめた。
――えっ！　オレ、そんなこと書いたかなあ。
ちょっと間があって若いパネラーが話を引きとった
――たった十六人じゃないですか。ロシアや中国じゃあ、スターリンの粛清や毛沢東の文化大革命で、何百万、何千万人もの人たちが殺されたんだ。
今度は年配の人が言い淀んで座った
やがてその人は席を立って会場を出ていった
誰かがボクに命じた
――コノヒトニツイテイケ。

ボクも会場を出た
駅沿いの道を左に飲み屋街のある横丁に曲がり
彼は一軒の飲み屋に入っていった
誰かが再び命じた
——ツイテイケ。
ボクはしばらく躊躇していたが
思い切って店に入っていった

七十歳

二〇一九年七月　空閑恭介

七十歳
生きて得たものは
妻と一人の息子
何人かの友人
雨露しのげる家
あと何がしかの動産

生きてきたなかでの痛恨事
親しかった先輩新明の死
ヨーロッパをあちこち歩いて
パリが一番気に入ったらしく何度かもらった手紙には
魚河岸でアルバイトをしているとか
向こうでできた恋人だろうか
パリジェンヌとの写真が同封されていたりした
僕が就職したあと

しばらく消息がないからと
銀座のお姉さんの画廊を訪ねた
――浩平は亡くなりました。

！！！

新明は前の年の十一月　帰国の途についた
コペンハーゲン発　羽田行日航機は
経由地のモスクワの空港から離陸する際に失速して墜落
帰らぬ人となったというのだ
僕はテレビも新聞も　ラジオも聞いていなかったから
その航空機事故を全く知らなかった
まだ二十四歳
最後の殴り書きの葉書
――俺はアフリカのランボーになって還ってくる。
彼は還らなかった　ついに還らなかった

昨日は友人の関わったドキュメンタリー映画を観た
映画を観てのパネルディスカッション
発言するつもりはなかったが
連合赤軍事件が問題にされなかったので
十六人の死者をどう考えるか聞いてみた
――たった十六人じゃないですか……。
昔だったら「単純ゲバリスト」といった風情の
若い男ががなりたてるように言った
――たった十六人！
僕は絶句してしまった
余計なことを言ってしまった
自分で総括できないことを若い世代に聞くなんて
連赤事件の同志殺しを知った時
僕らは官憲のデッチ上げだと言い

武装闘争派と革命戦争派との分断だと言い張った
けれども二人目　三人目の遺体が出てくると
なにも言えなくなった
連赤事件は全共闘運動の延長線上にあった
鬱々と友人と語り明かした朝
どうしてもアパートに帰りたくなかった僕は
東京で結婚した姉さんの家に行った
駅の階段で出勤する義兄さんとすれ違った
でもなぜだか声はかけなかった
姉さんは最初の子を懐妊していた
僕が突然訪ねても特に驚くことはなく
朝食を出してくれてなにか話をしたが
もちろん　連赤問題ではなかったはずだ
夕方近くまで僕はこんこんと眠った
優しかった姉さん

夫と二人の娘を遺し　四十歳の若さでくも膜下出血で逝った

帰りに久しぶりに「オードヴィー」に寄った
乗り継ぎ駅の近くにあるそのバーは
会社からも家からもほどよい距離にあって
傷ついた翼を癒すとまり木だな
なんて気障なことを言いながら
現役のときは月に幾度かは通った
マスターと昔話をして
ウイスキーを三、四杯飲んで帰って早めに寝た
若いころは夢の仔細まで覚えていたけれども
このごろは夢の断片しか残っていない
それなのに昨日の夢は細部まで鮮明に記憶している
なぜだろう

「オードヴィー」で隣に女子学生がいた
映画を観てパネルディスカッションを聞いたという
全共闘運動を卒論の序論にしたいと言った
なんだか面映い気がした

――僕らが総括しようとして、結局誰もできなかった問題だったよ。若いあなたのような人に関心をもってもらってうれしいけれど……。でもさっきの若いパネラーが言った、たった十六人の死者で動揺することはないじゃないか、ということは僕個人としては受け入れがたい話だね。

彼女は聞いた

――さっき「連合赤軍事件で左翼をやめた」と言われましたが、パネルディスカッションにいた人たちは、いわゆる左翼と言われる人たちですか。

――あっ、いや、僕についてはは、はずみで左翼と言ったけれど、末端の活動家で左翼と名乗るほどのものじゃなかった。せいぜい町奴。あそこにいた若い人たちは、実践経験があるとはいえないだろうけれど、まあ真正左翼だろうね。

――シンセイサヨク？　左翼とどう違うんですか？

——社民とは違うだろうってことさ。

——社会民主党？　ですか。

だんだん言葉が嚙み合わないことが分かってきた

仕方がないことだ

孫ほども年が違う　経験も環境も

——あのころ、立命館大学の全共闘が学内の「わだつみ像」を破壊したことがあったんだ。「わだつみ像」は、戦没学徒の手記『きけ　わだつみのこえ』の印税を基金として作られた。戦後の反戦平和の礎のはずだったのに、なぜ破壊されたのか。果たしてあれらの手記は戦没学徒の真情を伝えたものであったんだろうか。手記は軍国主義を想起させると判断される部分、天皇を美化する文言などはカットされた、改竄された本だったんだ。おそらく無意識のうちに立命館の学生たちはそれを知っていた。そこに戦後民主主義の欺瞞のにおいを嗅ぎとった。ベトナム反戦も大学改革も問題だったけれども、僕らにとって一番大きい問題は戦後民主主義の欺瞞だった。それから、三島由紀夫が亡くなる少し前に書いたエッセイの一節に「私はこれからの日本に大して希望をつなぐことができない。このまま行ったら「日本」はなくなってしまうのではないかという感を日ましに深くする。日本はなくなって、その代りに、無機的な、からっぽな、ニュートラルな、中間色の、富裕な、抜け目がない、或る経済的大国が極東の一角に残るのであろう」とあった。それを読んだのは、三島の死後三十年経ってからだったよ。僕らの「日本」は、本当にそのとおりになってしまった。大学でも街頭でも、瞬間の解放区というものはあったよ。でも僕らの闘いはあまりにものりしろがなかった。もっとゆるやかで持続できる運動体をつくることができなかった。

女子学生は熱心にメモをとり質問した

何冊かの本を挙げ　もう入手できないだろうなと言うと

大学間で相互貸し出しをやっている

大抵の本は借りることができると言った

——随分と便利になったんだね。僕は大学の図書館で一度だけ、新聞の縮刷版の記事をコピーさせてもらったことがあるだけだな。

そんな話をしているうち

彼女は自分の大学名を名乗った

——え！　そうなの。懐かしいなあ。僕はあなたの大学の民間寮にもぐりこんで二年近く

暮していたんだよ。五十年前になるかな。あのころのみんなどうしているだろう。もう建
物も取り壊されているんだろうなあ。
後日なにか質問があればとポケットから名刺入れを出し
女子学生に渡した
名刺に目を落とした彼女は突然大きく眼を見開いて僕をみた
何があったのかと僕も思わず見返した
もうその視線に耐えられないと思ったとき
夢から醒めた

七十歳
大学時代　詩のサークル「Le Blanc」に入っていた
一度だけ詩を発表したことがある
だが詩を書くのはいつの間にかやめてしまった
人との関わりかたが分からず詩を書いていたのだが
就職し結婚して子供ができて母とも同居し

母を父の待つあの世へ送り出した
なんとか世の中と折り合いをつけていくうち
仕事が面白くなり仕事に熱中し
詩を書く必要がない自分に気がついた
いつしか書かなくても生きていける人間になっていた

卒論

二〇二〇年一月　栗林　望

半年前の土曜の夜遅く
カイちゃんから電話があった
——会ってください。
こちらも会社の仕事を持ち込んでいたから
ちょっと躊躇したけれど
声が切迫していたからうちにくるように伝えた
玄関に立ったカイちゃんは青ざめていた
——ボク、会っちゃったんです。前世のボクに会っちゃった。前にお話したことがありましたよね。ボクの前世の名前はキョウスケだって。キョウスケは、ウィーに駆除されて、どこかの山の中に埋められた。でも今日、おじいちゃんのキョウスケさんに会っちゃったんです。そんなことってあるんでしょうか。名刺ももらったんです。「空閑恭介」。あれ、ここに入れていたはずなんだけど、何でないんだ。
ジーンズのポケットをさがしデイパックをさがし
結局名刺は出てこなかった
落ち着こう　とりあえず私はお風呂に入るように勧めた

カルトなクリスチャンの集団が学生運動を席巻する
そんなことは起こらなかった
カイちゃんに前世の話を聞いたとき
キョウスケはパラレルワールドに紛れ込んだんじゃないか
『発狂した宇宙』 あのＳＦ小説を思いだしたのだ
二十三歳で駆除されるキョウスケがいれば
七十歳まで生き延びるキョウスケもいる
とはいえ前世があるとして
前世の自分と遭遇するってことがあるのか
私にもわからなかった

お風呂からあがったカイちゃんにダージリンの紅茶を渡した
――ところでウィーってなんかの略語なの。
――あれ話していなかったですか。ダブリュー、アイ、アイでＷＩＩ、ワ、レワレハ、イタルトコロニイル、……。
私は思い当たることがあった
第二次世界大戦中のフランスの週刊の極右新聞
JE SUIS PARTOUT
ジュ・スィ・パルトゥ（＝私はいたるところにいる）
私は大学の英語偏重に嫌気がさしていた
友達に誘われるままフランス文化研究会に属し
ロットマンの『セーヌ左岸』に出会った
その本をメインに卒業論文を書いた
フランスでは日本人が思うほど
レジスタンス運動は力をもっていなかった
つまり「だれもが協力した」のだ
対独協力者《コラボラトゥール》の作家たち
なかでもピエール・ドリュ・ラ・ロシェル
そうした文脈のなかで

ジュ・スィ・パルトゥを知った
ただ「私はいたるところにいる」が
「われわれはいたるところにいる」に変わると随分意味が違う
はるかに威圧的、監視的、脅迫的な団体と感じる
カイちゃんはデイパックからメモ帳を取りだした
――キョウスケ、ええと現世に生きているキョウスケさんから聞いた参考文献です。
何冊かの本の名前を挙げて
「戦後民主主義の欺瞞」とつぶやいた
反射的に私のなかからも言葉が漏れた
「事後のレジスタンス」　私の卒論のタイトル
フランスが解放された後
ドイツ兵との間に赤ん坊をもうけた若いフランス人女性は
頭を丸坊主にされ街中を引き回された
赤ん坊を抱いた女性　それを嘲弄する民衆
その姿をロバート・キャパは撮った

丸坊主の女が醜いか
それとも嘲弄する民衆が醜いか
日本にはそもそもレジスタンス運動がなかった
そのかわり敗戦直後のレジスタンスは熾烈を極めた
大学卒業以来
ほとんど誰とも話す機会がないままに忘れていた
「事後のレジスタンス」
「戦後民主主義の欺瞞」 近いテーマかも知れない

九月の初め
カイちゃんとユメちゃんを食事に誘った
——あの人、じゃなかった母がね、まだ先のことだけど、政党の人から勧められて本気で次の参議院選挙に立候補を考えているらしいんです。売りは未婚の母らしい。この間家に帰ったら、母が真剣な顔をして「ごめんなさい。おばあちゃん以外に誰にも話していないことだけれど、あなたはある会社の経営者との間に生まれた、つまり不倫の子なの」って言うんです。いつものことだけど、だいぶお酒が入っていて「それで……」っていなそうとしたら、逆ギレしちゃって「役所のなかで日に日に大きくなるお腹を抱えて、ひとからはあの人結婚してないよねえって噂されて、でもこらえて産前産後六週間休んだだけで復帰したのよ！　おばあちゃんがいてくれたからできたことだけど、私だって頑張りました」って声を荒らげた。選挙に出ることになると、そうした事実が明るみに出ることになるらしい。「構わないよ」っていうと、すがるように「あなたのお父さんが会いたがっている」と言うんです。「いやです、会いたくありません」と言い返して、あたしの部屋にこもったけれど、なぜだか涙がでて止まらなくなっちゃった。あたし父親に会いたいのかなあ。

会ってあげなさいよとカイちゃんが言った

私は義父のことを思ってなにも言えなかった

母は時々上京してくるが

大学卒業以来義父とは会っていない

ユメちゃんは私の意見も聞きたかったんだろうけれど

何も言えなかった

義父から受けたトラウマは生涯消えない
私の閉じられた「微細な物語」
ヒリヒリと切実な問題
みんなの悲しみの総量は昔よりずっと大きいのではないか
でも帰り際　カイちゃんはにっこり笑って言った
——今、すごく充実してます。卒論に充分時間が割けます。遅ればせながら、大学に入って本当によかったって思っています。知の力で自分の困難を乗り越えるってことができるんじゃないか。それからボクに大学院生のパートナーができました。ボクの卒論にいろいろアドバイスをしてくれます。

新しい年が明けた
ちょっと仕事で遅くなって家に帰ったとたん
カイちゃんから卒論を提出したと電話があった
出来はどうだったと聞くと
——八万字書きました。『遠野物語』に出てくる話なんですけど、蓮台野《れんだいの》っていうまわりよりちょっと小高くなった場所があるんです。六十を超えた老人はみんな蓮台野に追いやられる。「老人はいたずらに死んで了《しま》うこともならぬ故に、日中は里へ下り農作して口を糊《ぬら》したり」。朝、野良仕事に出るのをハカダチ、夕方帰るのをハカアガリっていうんだそうです。でも柳田國男の話って本当なのかな。渡辺京二の『逝きし世の面影』を読むと、西洋人からみた江戸時代の人って、ボクらが思うよりずっと豊かに見えた。人々は贅沢ではないけれども、みんな清潔な着物を着て、乞食なんかいないと書き残しているんです。六十を過ぎた老人はみんな蓮台野に追いやられる。そうじゃなくて、老人たちだけの共同体があったのではないか。元気な老人は野良に出て働くけれど、寝たきりの老人を世話する老人、老老介護もあったんじゃないかな。もっとも悲しい話もあります。座敷童子といえば家に憑くよい妖怪ということになっているけれど、折口信夫は「東北地方では所謂まびくと言ふ事をうすごろと言ふ土地もあつて、そのまびかれた子どもが、時々雨の降る日など、ぶるぶる慄へながら縁側を歩くのを見る」と言っている。「うすごろ」って、「臼殺」って書くらしいです。宮本常一は、木のなかに人の形に何十本も打ち込まれた五寸釘を見せてもらったことがあったそうです。神社の裏手にあった広葉樹が白然に枯れた。払い下げてもらった人が、薪にしようと木を割ったところ、木皮に巻き込まれ釘が見つかった。誰かが誰かを呪って、藁人形に釘を打ちつけた。五寸釘が木皮に巻き込まれるのにはおそらく百年以上はかかっている。この呪い人形はおそらく男女関係のもつれからだろうといっています。彼らは村の外に広い世界があることに気がつかなかったのです。それから内山節《たかし》が、一九六五年を境に日本人はキツネにだまされなくなったと言っています。戦後高度経済成長期にどんどん農村人口は減少していきます。高度経済成長を支えたのは企業社会だった。人々は企業社会に繰り込まれていって、物質的に豊かになりました。キツネにだまされなくなった時期と、全共闘運動の時期が近いことは、なにか象徴的じゃないかな。このころを境に地域コミュニティが崩壊していくんです。全共闘の人たちのなかには、その矛盾に気がついた人もいたんじゃないかな。個人が大事にされはじめるかわりに、人々の付き合いは疎んじられはじめる。仕方のないことではあるけど、それが「微細な物語」のはじまりとも接続している。

カイちゃんは卒論を書きあげたことで高揚していた

――じゃあ、現世のキョウスケさんが言った「戦後民主主義の欺瞞」はどうなったのかな。

――えっ、キョウスケはパラレルワールドの向こうで死んだんですよ。それに戦後民主主義のギマン？　ってなんですか？

あっ！　カイちゃんから現世のキョウスケさんの記憶が消えている。
カイちゃんは際限なく話し続けた
――ボクのテーマというのは、地域コミュニティの解体とともに、再生、活性化への手がかりを考えることでもあったんです。日本はもう人口減少社会に入っている。東京では孤独死する老人が増えて、老人にはなかなか部屋を貸してくれないってことが問題になっている。でもね、今シャッター街を開けてパン屋をはじめる若い人たちも出てきている。三十世帯か四十世帯のお得意様がいればやっていける。そんなふうな地域との関わりかたがある。一方でスーパーがイートインを人々のつきあいの場として解放している。まったく新しいタイプの地域コミュニティ、それがどんなものであるか、まだうまく言えないけれど、老人から子供までプライバシーを尊重して、しかも風通しがよく、差別のないコミュニティが作れれば、ボクのようなマイノリティでも活き活きと暮らしていける。
最後にカイちゃんはポツンと言った
――ボク、正月に田舎に帰って看護師になる妹とよく話し合ってみたんです。ボクがトランスジェンダーであることを告白すると、とっくに知っていた。母も知っているって。「カイちゃんは、都会で生きるのがいいんだよ」って言う。

今度卒業のお祝いをユメちゃんと三人でしよう
そう約束して長い電話を切った
前世の記憶が消える？
前世の記憶を持った子供が
成長するとその記憶をなくすって聞いたことがあるけど
カイちゃんは大人になって記憶をとりもどしまた忘れた
カイちゃんが前世の姉や恋人であると信じている
私やユメちゃんのこともいずれ忘れる？
それじゃ悲しすぎるんじゃないかな
私はテーブルに頬杖をついてぼんやりしていた
どのくらい時間が経ったんだろう
ふと気がついて洗面所に行きメイクを落とし
歯を磨いてベッドに入った

ウクライナの二色旗

二〇二二年四月　望月　燿

就職してあっという間に三年目に入った
企画部に配属されたが
すでにコロナは蔓延していた
ボクの業種はクライアントとの関係から
リモートワークばかりとはいかない
いま国の調査研究事業のアシスタントをしているが
あるとき企画室長から聞いた話

——戦後七十五年の間に、男女とも三十年以上寿命が伸びた。こんな時代はなかった。乳幼児の死亡率の低下が大きく貢献しているけれど、医療・医学の進歩、また薬学の進歩がなかったとして、国民皆保険の達成、栄養状態の向上、衛生環境の改善、健康情報の普及、住環境の整備、衣類の開発などによって、日本人の平均寿命はどのくらい延伸したか。今挙げた他の要因だけでも、乳幼児の死亡率はかなり下がっただろう。イヴァン・イリイチが『脱病院化社会』のなかで「医療が最低限しか行われない世界」が僕らにもっとももよい社会だと言っている。それを具体的数値で示す調査研究事業をやってみたいんだけど、医者が邪魔しやがる。僕は思想の問題で言っているんだけどもなあ。もっとも、イリイチは

「六十五歳時の平均余命は不変」と言ったんだけど、一九七〇年以降、平均余命は男女差はあるけど、八年から十年延伸している。でも人間はどう頑張ったって一一五年か一二〇年しか生きられない。戦後という時代は、死を隠蔽してきた時代。どこかに死生観を置き忘れてしまったんだ。みんな百歳まで生きようなんて、神を冒瀆している。医者の多くは、今でも「死は医療の敗北」だなんて思っているんだからなあ。
彼はそう言って苦笑した
ボクは面白い仕事がやれるかもしれないと思った

サッフォーで働いていたとき
お客さんにパパ活をやっている同じ歳の女子大生がいた
パパ活で得た収入でビアン風俗に通っていると
彼女の左手首のリストカットの跡
——何度も死にたいと思った。あたし女のひとしか愛せない。そのことに気がついて、中学高校と友達と話していて、自分だけが浮いちゃうんだ。あたしには友達がいない。
そのときのボクは彼女の何の力にもなれなかった

ボクはいま区の「地域見守り協力員」に登録して
ボランティアをやっている
九十代の単身世帯の女性
八十代の夫婦二人世帯　奥さんは認知症
今コロナ禍で活動が制限されているけれど
月二回の訪問を喜んでくれる
「望まない孤独」を抱えたお年寄りに寄り添う
だけでなくＬＧＢＴなどの人たちにも寄り添いたい

二〇一九年十二月　中国・武漢で発生した
新型コロナウイルス感染症はまたたくまに世界に蔓延し
現在　公式発表で世界の感染者は五億人を超え
死者は六〇〇万人に達した
でも実態はずっと多いだろう
ウイルスは今も変異を続けており

終息宣言を出すには至っていない
トランプ大統領はコロナを目に見えない敵の侵略だと言い
この戦争に勝利するといったが感染者は増えていった
習近平国家主席はゼロコロナ政策を進め
GPSやドローンも使って徹底した監視対策をとったが
感染者はかえって増えた
ワクチンができるまでステイホームを呼びかけた国
集団免疫ができるのを待つしかないと言った国
経済活動はそのまま続けると言った国もあったが
多くの国が街をロックダウンして
他国への渡航や移動は極端に制限された
日本は欧米と比べ感染者も死者も一桁少ない
同調圧力のせいだという人も
民度が高いからだという人もいる
ファクターXで守られているという説もある

日本はロックダウンこそなかったが
緊急事態宣言　まん延防止等重点措置が
いつも発せられているようで
自粛要請が常態化していた
まわりに罹っている人はいたが怖いとは思わなかった

けれどもやっぱりコロナはおそろしい
そう思い知らされることが立て続けに起こった
去年の五月
パートナーのシオリさんが鬱になった
——しばらく実家に帰っています。
そのLINEを最後に連絡がとれなくなった
九月になって彼女は大学にもどってきた
彼女と相談して大学とボクの会社の中間点に
アパートを借りて同居することにした

元気になったシオリさんは再び研究者の道を進んでいる

七月
ユメちゃんから連絡があった
お母さんが職場で転んで病院に運ばれたという
大腿骨頚部骨折
けれどもそれだけではなかった
うつ状態　更年期障害　栄養失調
でもなぜ栄養失調？
最後に分かった病名は
若年性認知症！
それもアルコール性認知症だということが判明した
「酒席を断らない女性官僚」のひとりとして
ユメちゃんのお母さんは有名だったらしい
国を憂いて

お酒の席で同志の人たちと議論を闘わせていたらしい
酒席がなくなり娘もなかなか家に寄りつかない
彼女は孤独だったのだ
ものを食べずにワインばかり飲んでいたような生活だった

――なんか変だと思っていたんだ。帰るたびにお母さん（ユメちゃんはもう「あの人」とは言わなくなった）が瘦せていくように思えた。もっとまえ、高校生のころ、あたしが口応えしたら、ぽかんと口をあけて、言いたいことを忘れてしまったようなあの顔。あのころから兆候はあったのかな。ワインの瓶があちこちにゴロゴロしていた。マスクってお酒の匂いを隠すには都合よかったのかな。でも最後は仕事に支障をきたすようになったらしい。周りが休むように進言しようとしていた矢先に転んでしまった。病院はコロナだから、着替えを持って行っても直接には会えない。けれどねあたし、まだ認知症なんて信じられない。電話で話しても、言っていることは至極まっとうなんだよ。電気・ガス・水道の引き落としや、固定資産税の通帳のことなんかで連絡があるの。卒論は大丈夫なのとか、就職はどうなったのとか。なんだかすっかりやさしい母親になっちゃった。あたし思い切り親不孝の娘だったから、これからは遅めのヤングケアラーになるよ。

そう言ってユメちゃんはさびしそうに笑った
けれどもほどなく「父親」と名乗る人が現れた
——「お母さんからショートメールをもらいました。「認知症」とだけ。冗談だと思っていました」。彼は七十五歳になるって言った。彼のことを「お父さん」と呼んで、あたし異和感を持たなかった。言いたいことはたくさんあったはずなのに、思わず抱きつきたくなるほどの懐かしさを感じてしまった。どうしてなんだろう。小さいときから、母はずっとあたしの写真を送り続けていたんだって。父は何度も母に娘と会いたいといったそうよ。母とは異業種交流会で知り合った。町工場の二代目の養子で、小さいなりに業界からは一目置かれる会社になったらしい。妊娠がわかったとき、家庭はあったけど彼は認知すると言った。けれども母は頑として、ひとりで育てると言って耳を貸さなかった。改めて認知させてほしいって言われた。会社は子供に任せて、引退することにした。海の見えるケア付きマンションを見つけたので、お母さんといっしょに静かに暮らしたいが認めてくれないかなって。「でも奥さんがいるでしょう」って聞くと、「あっ、いいんです。それは」って。亡くなったんじゃなければ、別れたのかな、うまくいっていないのか。

十一月

ふたりは海辺のケア付きマンションに移っていった
ユメちゃんは就活の時期だったのに
家の雑務に追われてすっかりペースを乱され
ばたばたと卒論を書き卒業し　今年就職浪人をしている

二月二十四日
ロシアのウクライナ侵攻がはじまった
数日もすればウクライナは陥落するだろうと予測されていたが
二カ月以上過ぎてもウクライナは陥落していない
ゼレンスキー大統領は言った
――自由と尊厳以外われわれに失うものなどない。それは最も貴重な財産だ。
彼は侵攻直後から
ロシア軍の傭兵集団「ワグネル・グループ」などから
命を狙われたがロシア内部から漏れた情報により
未遂に終わった

彼はバイデン大統領から国外脱出を勧められたが
必要なものは「飛行機」ではなく「弾薬」だと言って
キーウにとどまった
外国に出稼ぎに行っていた男たちは
続々ウクライナに帰ってきた
ポーランド国境でインタビューを受けたひとりは
祖国が侵略されている　祖国のために戦うと言った
「祖国」という言葉が新鮮に聞こえた
女性たちも志願して銃を扱う訓練を受けた
なぜウクライナの人たちの士気が高いのかが分かった

昨日はノゾミさんの家で一晩中ウクライナ問題を語った
——プーチンが悪い。チェチェン紛争でもシリア内戦でも、ウクライナ侵攻と同じことをやってきたんだよ。「人道回廊」を設けるという口実で、住民を保護するふりをして攻撃する。非難されると、相手方が攻撃してきたってフェイクを平気で流す。民間人を殺して戦意を喪失させる。でもなぜウクライナが大きな問題になったかというと、ヨーロッパだからよ、白人の国だからだよ。プーチンにウクライナについての論文があるんだって。ウクライナはただの隣国じゃない。歴史、文化を共有する不可分な存在だって。勝手に領土を侵犯しておいて、よくいうよね。ウクライナは、情緒に訴える情報の発信の仕方がうまいね。キーウには各国のジャーナリストのためにメディアセンターまであるんだって。取材要請すると、通訳やドライバーもつく。でも見せたいもの、見せたくないものを国で決めているんじゃないかな、旧社会主義国みたいな感じもするよ。もっとも勝手に動かれると、地雷に触れて危険だからって理由によるのかもしれないけれどね。

ボクは聞いてみた

――プーチンの健康不安説ってあるよね。この間も国防大臣と話している映像で、終始机の端を握りしめていたとか。パーキンソン病って話がある。がんだって説も。

――うん。でも病気のせいなんかにしたくないなあ。プーチンなりに、祖国を憂えているんだということにしておかないと、ほんとに腹が立つ。かつてナポレオンに、そしてナチス・ドイツに侵攻された歴史をもつロシアが、ソ連崩壊でワルシャワ条約機構は解散したけれど、約束と違ってＮＡＴＯ諸国はロシアににじり寄ってくる。侵攻の危機と思ってもあながち妄想とは言えないかもしれない。やっぱりプーチンはアメリカ資本主義の一極支配を警戒しているんだよ。別事だけど、戦争って儲かるのよ。たとえば対戦車ミサイル「ジャベリン」、あれは軍産複合体、ロッキード・マーチン社が作っているんだけれど、戦争前から株価は跳ね上がっている。社員にはボーナスがじゃんじゃん出ているんだって。

——ボクねえ、テレビで観ていて知ったんだけど、ウクライナの青と黄の二色の国旗、上の青は空の青、下の黄は小麦の色なんだって。素敵だなあ、あんなにさわやかな風が吹いているみたいな国旗って。

ノゾミさんはへぇという顔になって言った

——ウクライナ大使館のウェブサイトでみたんだけれどね。ソフィア・ローレンとマストロヤンニがでている「ひまわり」っていう映画。ウクライナの南部のヘルソン、このごろ話題になっているじゃない。一面のひまわり畑は、あのあたりで撮られたんだって。国旗の黄色は、ひまわり畑の黄色でもあるんだろうね。二、三日前「ひまわり」をアマゾン・プライムで観なおしたんだけど。そうだ、カイちゃん観る？　観るでしょう。

映画がはじまる　あれこれはどこかで観たことが……。

ボクはずんずん惹き込まれていった

結婚したのもつかの間
男はソ連戦線に送られて行方不明になる
男の死を信じない女はソ連に向かい男を見つけだす
けれども男はソ連の娘と結婚して子供までいる
戦争に翻弄される男女の物語
汽車の車窓に揺れる一面のひまわり畑
そうだ　これはキョウスケとヨウコが観た映画だ
映画が終わってノゾミさんを振り向くと
体育座りしたまま寝込んでいた
時計をみると朝五時過ぎ
彼女を起こさないように寝かせて毛布をかけ帰宅した

新型コロナウイルスによるパンデミック
国際秩序をいともたやすく壊したウクライナ侵攻
ボクたちはいまとてつもなく「大きい物語」が進行し

通り過ぎていくのを目撃している
ボクはネットでさまざまな情報をとった
いずれも全体主義の暴力との闘いだと思っている
中国から留学していて日本に帰れなくなった知人は
コロナに罹った運転手のタクシーに乗ったという理由で
GPSで追跡され特定され隔離された
すき間のない監視社会
ロシア軍が去ったウクライナの町では
手を後ろ手に縛られるなどした遺体多数
侵攻に抗議しただけで行方不明になった人多数
ウクライナ侵攻当初　ロシアでは反戦デモが頻発
徹底した弾圧で鎮圧されたが
国外に脱出した人四百万人近く
一方でオリガルヒという富豪たちが
戦争反対をほのめかしただけで謎の死を遂げている

あからさまな虐殺と陰険なテロ

ウクライナは簡単には降伏しないだろう
ただ戦争が長期化すればウクライナの犠牲者は増える
一方で苛立ったプーチンは言った
——電撃的な報復攻撃を覚悟しておくべきだ。
核の恫喝によって降伏させようとしている
アメリカはじめＮＡＴＯ諸国が傍観しているだろうか
少なくない専門家は第三次世界大戦の危機をいう
戦術核から戦略核へ　核戦争の瀬戸際にあるのだと

核戦争が世界を滅ぼす？
ボクにはどうしてもリアリティが湧いてこない
そうだとしてボクはその日まで生きてゆくだろう
ボクを認めてくれるシオリさんというパートナーと

生きてゆくだろう
ボクはこのふたつのとてつもない「大きな物語」に
対抗する言葉をもどかしくもランダムに書き出してみる
こんな言葉じゃダメだと思いながら書き出してみる

——スマホを捨てること。殺すなと叫ぶこと。立ち竦む少年を抱きしめること。知らないと言える勇気。歩けないおばあさんをおぶって道路をわたること。家を出ていく自由。戦車の音に怯えている少女のそばにいて夜を過ごすこと。触るなと叫ぶこと。銃をかまえる兵士の銃口に指を入れること。ボクはここにいるとアパートの五階から呼びかけること。
~~レイプした兵士のペニスを切りとる昏い決意~~……。

ここは夢のなかなのだろうか
青と黄の巨大な二色旗がゆったりと波うっている
やがてそれは抜けるような青空と
豊かに稔った小麦畑になった

さらに無数の花弁をつけたひまわり畑に変わった
おおらかにさわやかな風が吹きすぎてゆく
ここはウクライナ
軍靴や戦車の跡　砲弾で無惨に荒らされた畑は
すっかりもとの豊かに稔った小麦畑に
無数の花弁をつけたひまわり畑にもどった
でもこれはだあれもいない核戦争のあとの光景？
抜けるような青空
豊かに稔った小麦畑
無数の花弁をつけたひまわり畑
おおらかにさわやかな風が吹きすぎてゆき……

69 ロッキュウ

著者
近藤洋太《こんどうようた》
発行者
小田久郎
発行所
株式会社 思潮社
〒一六二―〇八四二 東京都新宿区市谷砂土原町三―十五
電話 〇三(五八〇五)七五〇一(営業)
〇三(三二六七)八一四一(編集)
印刷・製本
創栄図書印刷株式会社
発行日
二〇二二年九月二十日